欣梦享
ENJOY LIVING

超级收纳师

不发脾气只发财

纳爷的收纳研究所——著

江苏凤凰文艺出版社
JIANGSU PHOENIX LITERATURE AND ART PUBLISHING

图书在版编目（CIP）数据
超级收纳师 ： 不发脾气只发财 / 纳爷的收纳研究所著. -- 南京 : 江苏凤凰文艺出版社, 2025. 3. -- ISBN 978-7-5594-9381-1
Ⅰ. I267.1
中国国家版本馆CIP数据核字第2025C2D706号

超级收纳师 ：不发脾气只发财

纳爷的收纳研究所 著

责任编辑	王昕宁
特约编辑	李寒蕊
装帧设计	王梦珂
责任印制	杨　丹
特约监制	杨　琴
出版发行	江苏凤凰文艺出版社
	南京市中央路 165 号，邮编：210009
网　　址	http://www.jswenyi.com
印　　刷	文畅阁印刷有限公司
开　　本	880 毫米 ×1230 毫米　1/32
印　　张	7
字　　数	145 千字
版　　次	2025 年 3 月第 1 版
印　　次	2025 年 3 月第 1 次印刷
书　　号	ISBN 978-7-5594-9381-1
定　　价	49.80 元

收纳

是草根能跑出来的路，

我要让收纳行业的人站起来，

现在该是我们拿到成果的时候了。

目 录

第一篇 离港

第二篇 找到属于自己的海

Contents

第三篇　成为收纳师，思考方式很重要

Contents

第四篇　想成为行业顶尖，你需要转变一些观念

Contents

第五篇 日常收纳的实用逻辑和方法

Contents

第六篇 收纳实操案例

附　录 实用的叠衣服方法

01

第一篇

离港

1 不仅是父母爱情，也是我的原生家庭

1997 年，我出生在吉林省长春市宽城区的一个并不富裕的家庭中。那时候，母亲二十七岁，也就是说，在我现在这个年龄，她就已经做了母亲。

二十四岁那年，母亲和父亲通过相亲认识，相处短短几个月后就结了婚。我一直觉得，对于这桩婚事，母亲考虑得不够慎重。相识半年就走进婚姻，实在是太仓促了！婚房是爷爷、奶奶出钱买的，房产证上没有写母亲的名字，她也没要彩礼。

母亲很漂亮，听说当年追她的人有很多。我曾经问过母亲，为什么偏偏选择了父亲？她只是笑笑，说不清是想起了最初恋爱时的幸福时光，还是在笑当年的自己太傻太单纯。她的回答是："因为那么多人里，你爸长得最帅啊。"的确，

在我儿时的印象中，年轻时的父亲还没有白头发，个子很高，相貌周正，远远望去就感觉很英俊。

那时，母亲太年轻了，**把爱情当成一生中最美好、最重要的事**。她对房子和彩礼没有概念，对未来的生活没有规划，也没考虑未来伴侣在各方面的能力问题，只是单纯地带着对爱情最美好的憧憬，带着满心满眼的爱意，选择了一个自认为最好的人，和他结了婚。

母亲压根儿就没想过可能会离婚，然而，未经过深入了解便草草开始的婚姻，大概率也会草草收场。

刚结婚时，我的父母是十分恩爱的。虽然家里并不富裕，他们的工作辛苦，工资也低，但生活能够自给自足，日子过得很开心。父亲姓贾，母亲姓闫，他们给我取名叫贾妍，意思很明显：我是他们爱情的结晶。

然而，我的出生对父母的生活来说，是一个巨大的转变——过去父母自己想买什么，如果钱不够，也就算了。他们觉得，自己的愿望没能得到满足，算不上什么大事，知足就能常乐。可有了孩子之后，就完全不同了，尤其是母亲，她舍不得让我受一点儿苦，小衣服、奶粉、纸尿裤……各式各样的婴儿用品的需求量猛增，家里的账户渐渐出现了余额不足的趋势。

养娃让父母逐渐变得现实、敏感，甚至可以说是抠门。父亲出门，想吃一碗三元钱的面都要斟酌一番，母亲坚持让家里的每一分钱都去它该去的地方，不能被随意浪费。

可怎样花钱算是浪费呢？这个标准太含糊了。偶尔吃顿好的，算是浪费吗？买件新衣服、买个新包，算浪费吗？为教育花钱，算浪费吗？我不知道，即便到现在，我也没有找到明确的答案，相信我的父母也答不出个所以然来。

小时候的事情，我已记不得太多了，但有件事情，母亲只要提个话头，我还能勉强记起来。

那是在我三四岁的时候，我们一家三口去逛公园，我在公园里看到一个老爷爷在卖糖人，就指着想要吃。一个糖人要八元钱，对那时的我们来说，实在是有点贵。父亲看到旁边有没做成功的碎糖人，就问碎的要多少钱。

碎糖人是没人要的，且那时天色已晚，老爷爷准备收摊回家了，就把一个碎糖人按照三元的价格卖给我们了。

这看起来似乎是一件三赢的事：老爷爷卖掉了残次品，我吃到了糖，父母少花五元钱就满足了我的愿望。可这时，另外一家三口也看到了糖人，同样觉得八元钱有些贵。老爷爷再一次提出三元钱可以买碎的，而那位父亲想了想，说既然给孩子买就买好的，何苦非要为了省下那几元钱去买碎的呢？

母亲把我视作她的延续，是比她自己更重要的人。那一刻，她通过我的处境，打碎了浪漫的粉色泡泡，真正看到了现实——这日子没法过了。

再刻骨的爱情也难抵柴米油盐的销蚀，更别提是父母这种半推半就、认识半年就结婚的“半熟夫妻”了。母亲觉得，家里虽然不算富裕，但我们的日子不该过得如此贫苦。

父亲是个很爱面子的人，对外仗义、豪爽。但资源是有限的，这里分配得多了一些，那里自然就少了一些。在对外面豪爽的同时，自然就会对内苛责，我和母亲也因此受了不少的委屈。每个月一到父亲发工资的日子，他总是会把朋友们都请到家里做客，母亲就负责做饭、收拾残局。起初，母亲根本不会干预，她认为父亲应该有些他的社交，哪怕自己辛苦点儿也无所谓；可如果连女儿想吃一个八元钱的糖人的愿望都不能满足，还要一直折腾那些没用的社交，就未免有些窝囊了。那一天，母亲赌气地大骂一通后摔门离去，将父亲和他的朋友们晾在一旁。

从那之后，我家的日子总是弥漫着一种难以言说的紧张气氛。父亲和母亲总是忽然吵起来，又忽然和好。我问母亲他们吵架的原因，母亲说：“你不懂，长大就明白了。”现在，我确实明白了，可我也无法回到过去劝他们。

母亲和爷爷之间也一直横着一道深深的沟壑，因为母亲生的是我这个女孩，所以爷爷对她总是带着一种难以掩饰的不满，生活中一点儿鸡毛蒜皮的小事儿，就可能引发爷爷对母亲的一顿指责。

那时候，我的年纪已经稍微大了一点儿，能清晰地记得很多画面。那年的春节令我印象深刻，家里原本有着欢乐、祥和的节日气氛，亲戚们都聚在一起，大人们打着麻将，孩子们在一旁玩耍。我和表妹忽然就吵了起来。吵架的原因我不记得了，毕竟我们只是一、二年级的小孩子，再怎么吵能有什么大事呢？但爷爷不问缘由，立刻站出来帮表妹训斥我，那严厉的话语像一根根刺，直直地扎在我的心上。

母亲听到后，自然是心疼我，便过来和爷爷理论。那一刻，空气仿佛都凝固了。我期望父亲能够站在我和母亲这边去劝架、去调和矛盾，可他竟然毫不犹豫地帮着爷爷训斥我们。我不可思议地瞪大了眼睛看着父亲，心中充满了不解和委屈。

那天下着鹅毛大雪，窗外银装素裹，格外安宁，而屋内却波涛汹涌，充满了火药味儿。母亲坐在沙发上，刚刚哭过，眼睛红红的。父亲仍然站在一旁不停地指责母亲，声音大得仿佛要把屋顶掀翻。我吓得躲在房间里，不敢出去，只能默默地流泪。本来在我的心里，父亲一直是高大的、可以依靠的人，可那一刻，他的行为让我觉得无比陌生。或许，在父亲的眼里，他的父亲比他的女儿和妻子加起来更重要吧。

从那个春节开始，家里的争吵就像被点燃的爆竹，噼里啪啦地响个不停。父母之间的矛盾似乎被彻底激化了，整个春节假期，他们几乎是从头吵到尾。墙上挂着全家福照片，画面上曾经幸福的笑容此刻看起来却显得那么刺眼。年幼的我不明白为什么原本温馨的家会变成这样，为什么大人们不能好好相处呢?

我试图去理解父亲的做法，也许他是出于对爷爷的尊重和孝顺，可他有没有想过，他这样做会让我和母亲多么伤心呢？母亲为这个家付出了那么多，却得不到应有的理解和支持。而我只是一个孩子，我渴望的是一个温暖、和谐的家，而不是充满争吵和矛盾的地方。

日子一天天过去，春节的氛围渐渐淡去，但家里的阴霾却依旧没有散去。我多么希望有一天，父母二人能够坐下来，心平气和地沟通，化解他们之间的矛盾，让这个家回到曾经的幸福样子。我期待着那一天的到来，期待着我们一家人能够再次围坐在一起，欢声笑语，享受着家庭的温暖和幸福。然而，这看似简单的愿望，却是那么遥不可及……

母亲在这个家里就好像是一个外人，只有回到姥姥那边，才能得到家人的爱护和照顾。在父亲和爷爷那边，她永远有做不完的家务，还得打好几份零工……他们对母亲永远都不满意，而她只能一个人扛住这些委屈，然后努力给我最好的。

爱情、浪漫……像是一块盖在镜头上的滤镜，又一副戴在眼前的墨镜。它一点点地被生活的软刀子刮花，直到最后，只留下眼前的一片划痕。**而人来人去，父母、爱人、子女、朋友……谁都没法长久陪在一个人的身边，最热闹的时**

段过去，人也只能重新面对自己，且只面对自己。

到了这时，母亲当初对爱情懵懂的渴望彻底破灭，到最后，她的生活只剩下一地鸡毛，还有因为爱情而出现，却没法同样随爱情消失而消失的我。可即便如此，母亲也没有动过离婚的念头。她还有我，她不想让我没有父亲。

2 亲情
也是有阶段性的

最初，我并没有觉得自己的童年有什么不幸福的地方，尽管父母总会因为这样那样的事情吵架，但至少他们都在我身边，至少我还可以期待一家人围坐在一起，享受家庭的温暖和幸福。没有零花钱没有关系，不知道学校小卖部在哪儿也没有关系，甚至为此而沾沾自喜：我能给家里省钱了！因为对大人的世界一无所知，所以作为孩子的我，可以无忧无虑地快乐着。

可这一切都在某个时间节点突然变质。

十二岁那年，为了我初中择校的问题，父母再次大吵一架。父亲认为，在家门口读书就挺好的，市中心的学校离家太远了，来回还要路费。母亲却坚持一定要让我去市中心的重点学校读书，接受更好的教育。最终，母亲抢着交了择校费，我也因此去了市中心读书。

长春的夜十分漫长，晚上七点放学时天已经黑了，好在学校有校车，我可以跟同学一起回家。然而一个学期后，校车费用开始上涨，先是从每月一百元涨到每月一百五十元，后来又涨到每月两百元。这时，父亲跟我说："要不你就坐公交吧。"

最开始的那几天，往常一起坐校车的几个同学总会等我，我不想让他们知道我坐不起校车，便找借口说自己还有事，去操场走上十几分钟，等其他人都走了，我再去公交站点。但没过多久，我就发现班上所有人都知道了这件事，而前一天我还傻乎乎地编各种理由在操场上乱转。

渐渐习惯后，某天放学，我有幸抢到了公交车后排的座位，正歪着脖子昏昏欲睡，却意外遭遇了"公交车猥亵事件"。那时年纪还小，发生这样的事情，我羞于向车内的人求助，或者说，我压根儿不知道该怎么把这件事对完全不认识的人说出口。我唯有默默忍受。后来忍无可忍之下，我只能提前下车。万幸的是，那个人没有跟下来。

下车的地方离家还有两公里。那是我人生中走过的最漫长的两公里，脚已经冻得发疼，路却好像怎么也走不到尽头。所有的委屈在那一刻涌上心头——

为什么东北的冬天那样冷？为什么太阳要落下得那么早？为什么我非要去离家那么远的学校读书，留在家附近的那个中学不好吗？为什么其他同学可以有父母接送，而我连每月两百元的校车都坐不起？为什么我要一个人走在这又黑又冷的路上，而我还要走多久？

当晚，我比往常晚了将近一个小时才到家。令我更痛苦的是，家里没有人发现其中的异常——母亲在上晚班，父亲则完全没有发觉，或许他根本就不清楚我究竟几点放学。

临睡时，我假装无所谓地跟父亲说起公交车上发生的事，并表示希望能重新坐校车往返，他只是动了动眼皮，说了一句“小心点儿就好了”。

我不理解，身为父亲，明知女儿遇到了如此恶劣的事情，怎么还能那么淡然地说出拒绝的话。是心疼钱吗？可这两百元的车费钱，甚至比不上他一次大宴宾客的开销。我忽然意识到，父亲变了。那个在别人家的小孩只能拥有一本杂志时却愿意给我集齐一整套的父亲，和现在的这个父亲，已经不是一个人了。

是谁偷走了我的父亲吗？不。

一切只是因为，**人的感情都是阶段性的，随着生活环境、条件、人的心态的变化，有的感情会逐渐加深，有的会变淡，亲情也是这样**。在生活的消磨下，父亲没有那么爱我了，或者说，不再愿意花心思理解我、为我投入了。

又或者说，他变得麻木了，他的爱总数变少了，能分给我的更少了。

3 人际关系的沉没成本不是成本

初二下学期，我家住的老房子拆迁，我们面临着重新租房的问题。母亲提出，在学校附近租房子，拆迁补偿金要是不够，就再添点儿钱，这样的话，我就不用起那么早了，可以稍微轻松些。但学校的位置离父亲上班的地方实在太远了，他的想法是，在原本住的地方附近租一间便宜的房子就行。

这次，他俩谁都没向对方妥协。父亲在单位附近租了间房子，姥姥给母亲添了些钱在学校附近租了房子，我们三个人一起住。那是套两室一厅的房子，不算很大，姥姥自己一个房间，我和母亲一个房间，我们就这样三个人挤在一起。这是父母二人第一次正式分居。

这样的时间持续了不到一年，新房子盖好了，我和父母又回去一起住了，明明是三口之家，我却感觉不到什么温度。家里总是静悄悄的，我们娘俩都和父亲没有什么话说，大家都是自己做自己的事。即便偶尔母亲有事情要和父亲说，也是通过我来传话。传的次数多了，我隐约察觉到，有什么东西变了，并且不会再变回来了。

母亲看起来越来越疲惫，虽然我们还住在一起，在外人眼里，我们是一家三口，但她看起来总是那样孤零零的一个人。这些都是我的后知后觉，当时的我只是在想，母亲也许是太累了。

初中毕业后，我准备去上高中，父母又因为择校问题起了不小的冲突。高中三年匆匆过去，我考上了黑龙江的一所大学。专业是母亲选的，她懂得不多，只是觉得学小语种好找工作，恰巧我家那边朝鲜族人很多，便在众多语言中为我选了韩语。

这时，母亲已经不再和父亲维持表面和谐了，他们又一次分居，母亲搬回姥姥家住了。

有时我会想，既然已经没有感情了，母亲为什么不跟父亲离婚呢？是不是还在期待父亲能有所改变？会不会仍然是为了给我一个完整的家？又或者是觉得过去十几年都这么过来了，继续熬下去也算不得什么？这些年投入的沉没成本太高了，高到母亲已经舍不得放下，还试图等一等，期待有不一样的结果。**然而，人际关系里的沉没成本不是成本，她也很难靠等就得到自己想要的东西。**

这么多年，母亲为了我，去当保姆、去当保洁、去工厂里打工、去工地上做小工，什么苦活累活都干过。虽然她的工作不怎么好，工资也不怎么高，但她从来没有抱怨过。相比之下，父亲工作稳定，还有五险一金，但他为我付出的太少了。

我去读大学后，学费、住宿费、生活费……每一笔都是不小的数额，单靠母亲的工资根本就无力承担。这时，一位表叔找到了母亲，给她指了一条出路。表叔在非洲做签证工作，他认识一个非洲家庭，想要雇一位会做东北菜的保姆，月薪七千。母亲听到后，二话不说就同意了。她说要为我打算，去非洲算不了什么。尽管我上了大学之后勤工俭学，就没怎么问她要过钱，但母亲说："女儿可以不要，当妈的不能不给。"

这是母亲人生中第一次坐飞机。她很认真地收拾好行李，提前五个小时到机场。在她的印象中，飞机上是不能开手机的，所以她一进机舱，就立即把手机关机了。她总是这样，什么都要考虑周全，不想给别人添麻烦。

知道这件事的时候，我的心中涌上一股复杂的酸楚。母亲为我付出太多了，我真不知道该怎么回报她。

表叔也劝过父亲："虽然你们夫妻俩已经分居了，但是养孩子是两个人共同的责任。"表叔打算在非洲给父亲介绍一个司机类的工作，月薪八千到一万元。可是父亲舍不得他的五险一金，最终还是留在了东北。

这样一来，母亲和父亲了断式地分居了，别说不住在一个房子里，就连城市、国家，都不一样了。母亲为了我背井离乡去那么遥远的地方，我除了满满的心疼外，还背负了很大的心理压力，于是更加勤俭节约，争取一切机会勤工俭学。我告诉自己：我少花一点儿、多赚一点儿，母亲就可以少为我付出一点儿。

自此以后，母亲只有在每年过年的时候才回家休息近一个月。因此我也只在寒假才回家，暑假则投入全部精力出去打工，住学校、吃食堂，只为能够多节省一点儿生活费。

大一那年寒假，我和母亲出去逛街，不知怎么就聊到了离婚的话题上。我说："我不需要一个完整的家庭，我也不在乎别人怎么想、怎么看。你们现在已经没有感情了，不用为了我强撑着。如果你愿意的话……"

母亲忙摆了摆手："再看看，再看看。"我知道她还在犹豫，还在担心我的感受。

又是一年的寒假，母亲依旧是只有过年的那段时间才能回来。非洲的气候、环境和国内大不相同，她也是花了很长时间才适应的，人不可能不憔悴。但这次回家一见面，我就觉得母亲年轻了好几岁。果然，她藏不住话，我到家没几天，我们娘俩坐公交车去市中心逛街时，她突然搭住我的手背，说："我离婚了。"

我愣了一下，释然地笑了："要不咱俩去买两挂鞭炮庆祝一下？"

母亲笑着瞪了我一眼，眼里有欣慰，也有失落。我知道，母亲其实还是很期待有个人能陪她走完余生的，但这么多年来的经历，早就让一个年少无知的女孩脱胎换骨了。

母亲像那时候的大多数女性一样，为了缥缈的爱情选择步入婚姻，但爱情难免在一日日的柴米油盐中消解，当爱情不在了，生活却要继续，她渐渐拥有了独立的内心和谋生的手段，终于对未来的任何不确定性都不再惧怕。

和结婚时一样，离婚时母亲也是什么都没要就离开了那个家。房子、财产全部归父亲，我归母亲。

4 真正的成长，是接纳，不是原谅

高考结束后，当大部分同学在尽情享受漫长的假期时，我在我家楼下的烧烤店做服务员，给自己大学的第一个学期赚了三千元的生活费。

2015 年 8 月底，我拖着行李，第一次离开了那座我生活了十八年的城市。我不想再回去了，**没有避风港的人，是不期待回家的**。这片生我育我的土地，注定成为我心上的一块儿疤。

大学期间，我当过家教、服务员、收银员，也在食堂打过工，大学生能做的兼职我基本都做过。那时候，学校和家所在的两座城市之间已经通了高铁，然而一个学期后，当我带着攒的一千多元准备回老家时，看着高铁比普快贵了一百元的票价，我最终还是选择了普快。

那一刻，我突然有些理解了父亲的选择，但，**理解归理解，事实已如此，时光已过去，接纳就好，我不想原谅。**

他终究不是我，他没有体会过那种被伤害的恐惧、被漠视的痛苦，不了解我和母亲每一秒的破碎，没有摸清过我们每一滴眼泪的来源。原谅和忘记，意味着我必须假装一切从来没发生过，而对父亲，我终究是有怨言的，尽管我说不清他究竟欠我些什么。当然，我也不想追究。

父母离婚后，我跟着母亲一起生活，父亲曾两次问我有没有钱用，要不要他给我打钱。而我估摸着，他这么做，不过是想着让我花一些他的钱，他就还是一个合格的父亲。我没要他的钱，因为我早已放下了不切实际的期待。

和父亲的断联，没有家庭狗血剧里那样轰轰烈烈的争吵，只是联系的次数越来越少，直到不再说话、不再有消息，一点一点地从对方的世界里消失了。

后来的许多年，我偶尔也会想起那个很久没有联系的父亲。所以，当我在上海独自打拼、再次听到那个既陌生又熟悉的声音问我过得怎么样的时候，我忽然想，不如撒个娇、卖个惨吧，就像小时候一样，父亲或许还是会安慰我、想要帮我的吧。于是我告诉他，我一个人在上海过得很苦，月薪只有六千元，房租就要三千元，完全不够生活。电话那头却支吾了几句，然后很快地挂断电话。

那一瞬间，我觉得自己很可笑，为自己竟有过想要原谅过去的念头而发笑。我终于意识到，我和父亲像彼此人生中的难民，互相都帮不上对方，也终于明白，**我大可以尽力去过好自己的人生，不必守在与父母的关系里，总想着要原谅谁、寻回谁。不原谅，也是一种成长。**

过去的终究已经过去，再如何沉浸其中都于事无补，倒不如学着接受。接受好的，也接受不好的，接受别人，也接受自己。

人生的巴士还在前进，未来尚未有定数。将目光集中在当下，凭自己的能力去谋取一个期待中的未来，搭建属于自己的新世界。年轻的生命，总是要朝着未来去生长的。

02

第二篇

找到
属于自己的海

1 信息是片海，找对鱼钩，就能钓上想要的鱼

语言类专业一般会在学生大三这一学年给几个出国留学的名额，我的大学也不例外。我所在的专业给了几个免费去韩国做交换生的名额，但只有专业成绩排在前几名的同学才能入选，不在公费交换名额里的人需要自付学费，一个学期三万元。

我一直忙着兼职赚钱，专业课的成绩并不理想，只能算勉强过得去，但我心内深处十分渴望去韩国，便把这件事和母亲说了。她听完后特别赞成，说砸锅卖铁也要送我去。最终，我靠着母亲借来的钱，成功地去了韩国。也是在这里，我开始摸到了一点赚钱的门道。

母亲承担了三万元的学费，生活费和住宿费就要由我自己来承担了。生活的压力压在我的肩膀上，我必须想尽办法

去赚钱。既为谋生，也为对得起母亲的帮助。

交换学校在韩国釜山，学校临海，很多韩剧剧组都会去那里的海边取景。知道这个信息后，我立刻想到海边一定有很多民宿，或许可以找个在民宿接待中国游客的工作，毕竟我本身就是中国人，相较于学习中文的韩国人，竞争力会更强一点儿吧。

我鼓起勇气到海边的民宿区一家一家地问，可是结果并不如意。有的老板说我韩语差，有的老板嫌弃我没有相关经验。一圈走下来，我并没找到一份可以养活自己的工作。那时，我已经走了一整天，又累又渴，就到附近的一家咖啡厅休息。

这正是我摸索赚钱门路的开始。

在那家咖啡厅里，我看到一个外国人正在教韩国人学英语。那个瞬间，我立即想到，既然英文有需求，那中文应该也一样有需求，我是不是也能去教韩国人学习中文呢？于是，我立刻找到了本地的相关教育机构。然而，因为没有教师资格证我未被录取，这对我来说又是一个不小的打击。

但我没有气馁，信息是一片海，我已经从这片海中找到了想要钓上来的鱼。机构的路子走不通，只能证明这个鱼钩

不行，所以我要做的，就是换一个鱼钩——我开始思考我需要找什么样的人，又该如何“链接”到这些人。我需要找到想学习中文的韩国人，而网络则是我能找到他们的最快渠道。于是，我在韩国的论坛上搜索“韩国釜山学中文”等关键词，看看有没有人想找老师。

果然，我搜到了一位来自中国台湾的女生发的帖子，里面很详细地写着她的个人信息。我立刻按照她的信息模板，做了一份自己的简历发到网上。没过多久，就有人在评论区询问该怎么联系我。找我学习的人大多来自我以往并不了解或没有接触过的圈子，有游戏公司的老板、金融高管、律师、想要到中国留学的学生，还有一位即将去北京积水潭医院骨科做访问学者的医生，他想临时找人练习一下中文口语，锻炼一下中文语感。

过去，在整个由父母延伸出去的大家族里，我认识的最富有的人就是舅舅。他在汽车厂上班，月薪五千元，做过最厉害的事情是开了一家面馆。受固有认知的影响，我对未来的设想也不过是毕业后找个工作，每个月挣几千元的工资。

然而，这段时间我总有一种在网络上交朋友的感觉，打开了自己的圈子，遇到了过去生活里完全遇不到的人。这次破圈，不但让我拥有了互联网思维，更让我意识到，原来有那么多的人过着我完全想象不到的生活，我未来的生活也可以完全不是我最初认为的那个样子。过上理想中多姿多彩的生活，当然离不开物质基础，为此，我必须努力赚钱。

通过努力，我教中文的时薪很快达到了两三百元，同时我也在做代购。这时候，我对经商的信息已经有很高的敏锐度了。**眼前的信息不再是与我无关的茫茫大海，它们中潜藏着各种各样的机会，一环套着一环**：我只要能够抓住用户需求，提供相应的服务，就能获得一批顾客。如果我能很好地满足顾客的硬性需求，同时提供一些能让顾客感到物超所值的服务，我便能将这样的关系维护下去。

在韩国教中文、做代购，除了让我见到更多更优秀的人，也让我第一次接触到收纳行业，为我未来的事业和人生推开了新世界的大门。

有一次，我去一位律师姐姐的家里教中文，看到她请了一位收纳师来进行收纳。那个瞬间，我真的觉得很奇妙：居然有人只靠收拾屋子就赚到了钱！这不比我母亲做保洁轻松多了？于是，我就和那位收纳师攀谈起来，她说收纳师都要经过专业培训，收费自然高一些，时薪三百元。

虽然也属于家政服务，但收纳正是当下韩国市场所需要的，未来一定会有更大的发展空间。就是从那时开始，我萌生了学习收纳的想法。深入了解下来，我发现日本的收纳行业已经发展得非常成熟了，还有专门的培训机构。但这也意味着，我要独自去另一个语言不通的陌生国度。我短暂地犹豫了一下，但一想到完全不会外语的母亲连遥远的非洲都敢去，就又有了前进的勇气。

语言是一大难关，现学肯定是来不及了。恰好我当时认识一位在韩国读书的日本同学，我成功地说服了她，让她和我一起报名参加了一家日本收纳机构的培训课。每次都是她先把老师说的日语翻译成韩语，我再将韩语翻译成中文。

我在日本学习了差不多一个月，学费、生活费加在一起花了差不多五万元，基本把我在韩国教中文、做代购赚到的三万元和之前攒的钱全花光了，但我收获良多。起初，我以为收纳只是收拾房间，可是老师讲了很多更细致的内容，小到收纳工具的材质划分，大到空间思维与工作方法，我的认识更深入了，眼界也更开阔了。

终于，我拥有了另一只鱼钩，要做的便是为这只鱼钩找到适合它的海域。

2 与其说创业，不如说我更想给自己和母亲争口气

留学结束后，我有些茫然。不能让母亲一直待在非洲，所以我不能留在韩国做中文老师和代购。然而，我也不敢盲目创业，以我当时在韩国做收纳的时薪，当个兼职还可以，况且以国内当时的市场情况来看，我无法保证能一直接到订单，做全职有很大的风险。我承认，我不敢。

起初，我和母亲都回到了老家，继续跟姥姥挤在她的那个小屋子里。那时，我一度觉得人生很灰暗，完全不清楚未来要往哪里走。

当时大姨在天津，母亲想，大城市机会多，也想去天津闯闯看。她征求我的意见，我当然同意。为了省钱，我们只租了一间老破小偏的单间，母亲心疼我跟着她吃苦，把唯一的单人床让给了我，自己去睡小沙发。

我们当时没有任何经商的经验，加盟了一家麻辣烫店。母亲原本以为只需要交五万元的加盟费，却没想到总店三天两头要求交培训费、设备更换费、配方费、调料包费……如果不交这些费用，我们就会被取消加盟资格。我们的店铺位置偏僻，客流量稀少，盈利只够交房租、水电费。那时，外卖行业刚刚兴起，我们果断跟上时代的潮流，在外卖平台上注册，但意想不到的是，在平台上需要花钱买流量，否则没有用户能刷到我们。

我们知道隔壁的店用不太新鲜的蔬菜来降低成本，可是母亲为人正直，不愿意用不新鲜的食材，坚持每天购买最新鲜的肉和菜，这样一来，成本自然跟着提高，完全没法和别人竞争，顾客也对我们相对高的价格表示不满。拖到最后，连带着房租和开店的钱，我们一共欠了二十多万元的债务。

那段时间，为了避免浪费，为了省钱，我吃得最多的就是店里剩下的不新鲜食材。母亲总是愁眉苦脸的——虽然她之前也总是愁眉苦脸的，然而那段时间我和她单独相处得格外多，我总觉得她更忧愁了。当然，也可能是因为她之前从未欠过这么多钱。母亲的性格很坚韧，一直在咬牙坚持，但我觉得既然看不见希望不如及时止损，忍不住劝了她好几次："要不就别干了，继续干下去只会欠得更多，我们不适合做这个，欠的钱慢慢还吧。"最终，母亲将店兑了出去，我们的第一次创业以失败告终。

也正是这次经历，坚定了我日后做收纳不开门店的想法，可以节省掉一大笔开销，同时也减少了投入的成本。当然，这都是后话。

母亲短暂地休整了一下，便在物业公司找了一个看监控的工作，月薪有两千多元。我也去了一家高尔夫球场当翻译，每月扣除社保，还能挣三千元。新工作朝九晚六、双休，刚好方便我闲暇时去做收纳，每个月能增加两三千元的额外收入。然而，我们母女俩挣的钱加起来，想要还清债务也依旧困难，依然要节衣缩食。好在我的收纳副业做得越来越好，月收入达到六七千元，缓解了一部分压力。我开始逐渐有了做全职收纳师的勇气和动力。

不久后就是春节，回到老家，亲戚们聚在姥姥家吃团圆饭。我和母亲生活拮据，谈话间，我总能敏锐地感觉到亲戚们对我们母女俩的不屑，然而，我们几乎欠了桌上每一个人的钱，实在不好意思说什么。当时舅舅问我，是继续出去打工，还是回家嫁人？我知道，在他们的传统观念里，像我这样平凡的、家庭条件不好的女孩子，最好的出路就是如此，但我仍然感到很憋屈。

我已经见过了更广阔的天地，我不甘心按照这样的方式度过一生。

于是，我非常认真地告诉他们，我要做整理收纳师，我要出去创业。他们不懂收纳是做什么的，我就向他们解释。亲戚们却觉得我不懂事、没出息："你母亲就是当保洁的，费那么大劲儿把你供到大学毕业，最后女儿也跟着干保洁？"

母亲全程赔着笑脸。那个晚上，我难受得一宿睡不着，满脑子都是：一定要混出个样儿来，一定要把这项事业做好，一定要为自己、为母亲争一口气！

3 只要有勇气，绝路中定有转机

我的事业刚起步就遇上了一个坎儿。当时是 2020 年初，为了健康着想，很多人都待在家里。高尔夫球场入不敷出，我被裁员了。特殊时期，入户收纳肯定也没法做，我的收入来源彻底断了。于是在天津狭小的出租屋内，我无所事事了几个月。

但我并没有灰心丧气，因为在此之前，我的努力充分证明了收纳行业在国内有着很广阔的市场和巨大的发展潜力，特殊时期总会过去，我不能因为眼前的困难轻言放弃，我心里怀着一团火，每天给自己打气。

果然，只要有勇气，绝路中一定有转机。在人们可以凭借健康码出行的时候，我的大学同学联系我，说她在上海做主播，上海的工作机会很多，让我去碰碰运气。

我始终记得出发那天，母亲在小厨房里给我煮面。厨房里全是锅中升腾出来的水汽，母亲就站在水汽中央，看起来像是被困在永远不会散去的雾里。我在一旁静静地看着她，心里酸涩得很。我暗暗发誓，一定要努力给她最好的生活。

孤身一人来到上海，陪伴我的只有一个行李箱。房租贵得吓人，押一付二，我在天津做收纳攒下的六千元钱，直接被一间条件不怎么好的合租房掏去了一大半。上海的气候与东北截然不同，当时正值回南天，整个房间都潮湿得不像话。最潮的那几天，我甚至觉得被子都能拧出水来。我心血来潮地掀开床垫一看，好家伙，床板上真是水汪汪的。“沪漂”生活就这样在我的崩溃中开始了，但一想到母亲、想到我想要的未来，我必须坚持下去。

上海的人才像沙漠里的沙子一样多，我一个既没有工作经验、学历又普通的人来到这里，就好像一个被踢来踢去的皮球。面试了好多次之后，我终于入职了一家开发微信小程序的公司。职位是总裁助理，我原本以为可以学到很多实用的东西，但实际工作内容只是处理一些日常杂务，并且公司没多久就倒闭了，我连工资都没拿到。

带来的钱几乎被房租和生活费掏空了，我破釜沉舟，找到了第二家公司。正是在这里，命运的齿轮开始转动。

新公司是做媒体的，但同样濒临倒闭。在公司快要支撑不下去的时候，我对老板说，我曾经学过收纳，在之前的实践中做得还算不错，要不公司尝试一下往这个方向转型吧。对于公司来说，原本的方向已经是一条绝路，要想让公司延续下去，找到业务赚到钱比什么都重要。老板抱着死马当成活马医的心态，居然点头同意了。

就是这样一个看似简单而又大胆的提议，使得公司猝然间踏上了转型的道路，从原本熟悉的广告领域迈向了陌生的收纳行业，而我自己也在这突如其来的变革中，机缘巧合地成了公司的合伙人。公司的老员工不愿意从传媒行业转到收纳行业，纷纷起了离职的念头。为了留住人，我劝了同事们好久："在这个大环境下做什么都不容易，能赚到钱维持生活比什么都重要。"即便如此，公司还是走了一大半的人，只剩下几个人愿意一起做收纳。

既然未来的业务以收纳为主，我们就要有一个响亮的名号。做收纳，就要在名字里体现职业的特性，所以我们就选取了"纳"字。我只是个刚毕业不久的小姑娘，叫"纳姐"听起来更恰当，但因为本身就年轻，加上整理收纳又是个新兴行业，为了显得权威一点儿、时尚一点儿，也为了给自己壮胆，我最终选了一个听上去就很酷、很厉害的名字——“纳爷”，这也正是后来做自媒体用到的名字。

就这样，收纳彻底从我的副业变成了主业。

4 不需要依靠别人，我就是自己的底气

公司转型之后，从最初的寻找客源到转战线上自媒体，再到后来的爆火、如今的指导学员、帮助更多人，创业之路我走得并不容易。具体经历过什么、我又做了些什么，我想放到后面集中来讲，有想从事整理收纳行业的朋友或许可以从中找到一些方法。而现在我想说的是，这份工作、这项事业，彻底改变了我的生活状态和人生态度。

从小到大，“家”对我来说，都是个很空泛的概念。无论是充斥着父母争吵的三口之家、在市中心读中学时候的临时出租屋、在外求学住的集体宿舍，还是在天津、上海闯荡租住的老破小，“家”对我来说，只是一个睡觉的地方。除此之外，我只能感受到生活的压抑、欠债的压力。

对我触动最大的是有一次我去一户人家做收纳。房主是

个女孩，正慵懒地靠在床上，一边吃着已经剥好皮的葡萄，一边和保姆核对当天晚上生日聚会要做的事情。我在一旁安安静静做着自己的工作，心里却波涛汹涌——那一天也是我的二十四岁生日！别人能够被千娇万宠地长大，而我就连生日这一天都要为了生活奔波。心里被不甘堵得死死的，我忍不住想，**如果也能有人为我遮风挡雨、让我有一个可以依靠的家，该有多好啊！**

就这样，要让我和母亲拥有只属于我们的避风港的念头在我心里生根发芽了。

短视频爆火之后的几个月，找我们做收纳的人越来越多，哪怕是过年别人都在休假，我们也忙得脚不沾地。有付出就会有回报，与之相应的是我的实际收入越来越多了，当初开麻辣烫店欠下的债务，在忙忙碌碌中不知不觉早已还清了。

一次，我完成了一项特别大的订单，尾款到账时，我的银行卡余额刚好是一百万。我想，是时候给母亲和我一个真正的家了。

我毫不犹豫地拨通了母亲的电话，告诉她我要买房。电话那头的母亲起初是不敢相信的，甚至以为自己遭遇了电信诈骗。她在电话里反复询问我，声音里充满了疑惑和担忧。我理解她的反应，毕竟这一切对我们来说，曾经是那么遥不可及。

我立刻订了机票飞回长春。到家后，我直接带着母亲去了最近的 ATM 机。亲眼看到显示屏上那串长长的数字，母亲才相信这一切都是真的。

接下来的日子紧张而又兴奋。我迅速联系了中介，开始看房。我和母亲穿梭在长春的各个小区，看了一套又一套房子。我一定要为母亲找到一个最完美的家！

一周后，我们看中了一套房子。那是一套装修精致的现房，明亮的客厅、温馨的卧室、宽敞的阳台，一切都很符合我们的心意。房子价格偏高，但我毫不犹豫地付了全款，又过户到母亲名下。这一次，房产证上只有她一个人的名字。当我在签约中心过户签下自己名字的那一刻，我看到母亲站在一旁，眼里闪烁着泪花。她激动地说："直到这一刻，我才觉得自己又有了家。"

拿到钥匙后，母亲一个人站在房子里转悠。我问她在那儿转什么呢，她很开心地看着房间的每一处，说："我要自己拿脚走走，看看这个房子有多大。这是我的，这是我的，这也是我的。”那一刻，我觉得不管我有多辛苦，都是值得的。

装修前，我带着设计师去看房，母亲也在场。她想要打通一堵非承重墙，做封闭式的厨房，这是她很多年前就想要的，但始终没能得到。设计师能看出来，我才是家里真正掌握话语权的人，便对我说没有必要，只会费时费力。可我知道母亲想要的不只是一个封闭式的厨房，更是掌握自己生活空间的权利，所以那面墙当然要打掉。时隔多年，她终于得到了自己想要的厨房。

告别设计师之后，我们母女俩一起出去吃了顿饭。在等菜的时候，母亲一个人看着饭店里的鱼缸发呆。鱼缸里的红鲤鱼从这头游到那头，又从那头游回这头，悠闲得好像完全不用考虑自己将来该何去何从。母亲看着鱼，我看着她，那时我就在想，这么多年过来，她终于有了一点儿自己的时间，不用想下个月的生活费该从哪儿来、欠谁的钱怎么才能还上、哪里又在招人可以多赚一点钱了。她终于能安安静静地坐下来，什么都不用想，什么都不用愁，单纯地享受生活了。

乔迁新居之后，我们邀请了亲戚们过来吃饭。为了工作，买房之后我很快就回了上海，房子的布置是母亲一个人完成的，这也是我第一次看到新家的样子。一进家门，我就看到家具上都盖满了布，亲戚看到这样的布置，下意识觉得我在装阔气，忍不住笑起来。我也是一头雾水，甚至有些生气，忙问母亲这是在干什么。

母亲的声音很是温柔慈爱，她说：“你一个人在外面创业不容易，风险也大，万一未来出问题了，这些家具我没用过，都和新的一样，还能卖了钱帮你渡过难关。”

一瞬间，我便释然了，母亲的爱给了我更强大的力量，我要的依靠一直都在。我安抚她说：“我们只会过得越来越好！”

能用自己的一技之长在社会上站稳脚跟，能用自己的勤劳和汗水换来光明灿烂的未来，这感觉真好。这个家和收纳事业就是我和母亲的安全感，它们给了我们自在生活下去、自在选择的根基。

我终于明白，我何必羡慕别人呢？**我的努力就是我自己的底气，更能成为母亲的底气和依靠。**

5 心随境转之后，自然能境随心转

在为了生计发愁的日子里，我不由自主地变得自卑、敏感。现在回过头来看，那时候我的精神世界是扭曲的。

刚到上海时，我通过闺密认识了一个年龄相仿的女生。我和她实在是太像了，我们的审美、喜好、性格都那么相似，还都是在丧偶式育儿的家庭环境中长大，也都是和母亲一起生活。我们相见恨晚，我觉得碰到了一个难得的知己，并相信我们的友情会天长地久。

可是意外发生了。有一天，她忽然和我说想要支持我的收纳生意，让我去她家里帮忙做收纳。我立刻答应了下来，还豪爽地表示一定会给她打折。

收纳工作开始前，按照惯例，要根据客户家的环境照片来制订计划。我一直知道她家的经济条件很好，然而，当她真的把家里的照片发给我时，我还是蒙了：独栋的别墅、专门请人设计的精装修，价值二十几万元的名贵沙发，甚至她家还有专门的点心师，想吃什么在自家功能齐全的厨房就可以做。这也太夸张了！

就是在那个瞬间，我们的关系在我这里单方面地变质了。经济差距忽然在我们之间划出一道巨大的鸿沟，让我忽略了我们之间那么多的心灵共鸣。对我来说，她不再是一个投缘的朋友，而是一大块可以让我啃咬的肥肉，甚至是我想要巴结、讨好的人。这点阴暗的心思在进她家收纳的那一刻更加膨胀了。

那天之后，我开始不自觉地想要讨好她。她说想去哪个网红餐厅吃饭，我便预约好时间带她去；她说哪个牌子的东西好看，我便会想办法买来送给她；她看到什么喜欢的东西，我总想跟她买闺密款，以此来强调我们的亲近。但我还是控制不住去想：她是不是不想和我穿戴一样的东西，她会不会看不起我……

到最后，甚至我整个人的思维方式都不怎么正常了，常常会控制不住自己，总是想：如果我是她，如果我能有她这样的出身，肯定会比她更有出息，比她过得更好。

在我们三人的微信群里，闺密还会偶尔和她聊上几句，我却逐渐变得沉默寡言，几乎不再和她说话。闺密察觉到了我的变化，问我怎么了。我不敢说出实话，怕她觉得我心理阴暗，觉得我小题大做。但那句话已经出现在我的脑子里了——只有远离她，我的生活才能回到正轨，我才能正视我和她的关系。

直到我的事业真正发展起来，她拥有的东西对我来说不再是想都不敢想的奢望，**直到我真正靠自己拥有了和她站在差不多高度的能力，我才开始重新审视我们之间的关系。**

重新建立联系是在过年那天，我忽然收到了她发来的新年快乐的祝福。直到这时，我才重新回看我们之间的聊天记录，回想当年的事，才发现她一直都是在真心对我，反而是我因为经济差距忽视了我们最初的精神共鸣，在这段关系里变得越来越扭曲、阴暗。

在这之后，我试着重新和她交往。当得知她家的新公司开业时，我带着收纳师团队精心地把她家的公司整个收拾了一遍。结束工作后，我郑重地向她道了歉。

事情说开了，我们的关系也开始慢慢恢复。经历了这一系列的事情，我才更加明白，**真正的朋友，或许不需要时刻**

保持紧密的联系，也不需要拥有完全相同的生活背景，而是在经历了风雨和波折之后，依然能够相互理解、相互包容。

我无比庆幸我依然拥有这样一位真心朋友。好在现在我有机会重新审视自己的问题，扭转自己的心态，也能坦然面对当年的错误。这是让一切变得更好的开始。

03

第三篇

成为**收纳师**，**思考方式**很重要

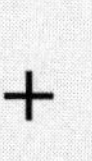

1 在人群中，脸皮可以“厚”一点儿

我在国内的收纳事业是在天津的高尔夫球场上班时靠做兼职起步的。

那段时间，我的空闲时间渐渐增多，便开始想着怎么把收纳事业做起来。我向周围的同事做市场调研，得到的反馈是大多数人对收纳行业都不大了解。这一度让我很沮丧，开始担心收纳在国内会不会很难做起来，但转念一想，又觉得这未尝不是一件好事，既然大家对这个行业都不太了解，恰恰证明了这个行业有着巨大的机会。

空白，就意味着有无限的可能。

紧接着，我开始厚着脸皮挨个问我的同事和领导，能不能让我免费到家里去做收纳，目的是让他们了解这个行业。那段时间，我真的是想尽办法拓展客户，甚至想到了我家隔

壁网吧的老板。我觉得他在这里算是有钱的，客户的质量也高，人脉也广，如果他愿意帮我发个朋友圈，我就能因此而得到更多的机会。

于是，我特意在那家网吧上了一个小时的网，等那位老板来了，我给他介绍收纳是什么，说不收钱，只是请他帮忙发朋友圈。他对收纳完全不了解，并且非常诚实地表示怕妻子误会。我说我可以等到他妻子在家的时候再去，这样家里有懂的人在，更能看出我的劳动价值。

最终，网吧老板同意我的提议了。当我给他家做完收纳后，他的妻子也是赞不绝口，他们也按照一开始约定，发了朋友圈。我如法炮制，发出去十份广告。

最终，我一位同事的前领导通过这样的朋友圈广告来找我做收纳。这也是我在国内真正靠收纳赚到的第一笔佣金。

还记得当时我很紧张，甚至不知道该报价多少。但我很快就冷静下来，让对方先把室内环境照片或者视频发过来给我看看，我必须根据具体情况来报价。我用自己曾经学到的专业知识和在韩国兼职时的实战经验，估算出这一次的工作时长，按照时薪一百二十元收费。我非常忐忑，害怕对方会嫌贵取消订单。直到真正做完这一单，我才有一种石头落地的感觉：原来雇主人不错，事情也没有我想象中复杂。雇主甚至觉得比想象中要便宜。

这一单为我打开了靠做收纳盈利的大门。我把赚到的钱提取出来放在枕头底下，每天都要看上一遍，想到自己终于凭着一技之长赚到钱了，就特别高兴。万事开头难，紧接着我就有了第二单、第三单……我已经能和母亲一起还钱了！这令我备受鼓舞。

我明白毛遂自荐向陌生人介绍一项他们不了解的技能非常困难，尤其对内向的人来说更是难上加难。但是脸皮“厚”一点儿，真的很管用，至少这是你自食其力的开始，从心态上走出第一步真的非常重要。

2 不要忽略身边的“纽带”人物

来到上海刚刚成立公司时，老板没有现成的客户资源可以利用，而我一个外地人，更没有什么客户积累可言。拓展客源成了当务之急。当时，团队中除了我没有其他专业收纳师，这份重担只能落在我自己身上。我想到了之前的一条成功经验。

之前，我有个同事的家庭条件非常优越，住着大平层，家里还请了司机、保姆。我租的房子距离他家不算远，同事很热心，上班的时候，总会让司机捎我一程。其实从他家出发，先到我这儿再去公司并不顺路，司机完全是为了我才绕了远路。

我很感恩，所以每次搭车的时候，都会给同事带点甜点，给司机师傅带份早餐。有一次，我在车上和同事闲聊，就聊到了我在兼职做收纳。没过多久，这位同事的妈妈加上我的微信说要请我做收纳。这一单让我成功地赚到了一个月的生活费。意外之喜来得太突然，临走时，司机师傅送我回家，说觉得我挺有礼貌的，能帮就帮了。我这才知道，是他帮我做的推荐。

这件事让我猛然意识到，**也许我一时半会儿接触不到经济实力强的人，但他们周围的人能成为我和目标客户的纽带。**

按照这种思路，我尝试着与一位理发师建立联系。我经常刷到他的朋友圈，他所发的内容只有两种类型，一种是卖力推销店里的洗发水，另一种则是和一些客户一起参加诸如下午茶、时装周、交流会之类活动的照片。看到这些，我瞬间就锁定了他的客户群体，倘若能够请他帮我做宣传，或许真能让我的收纳事业产生破圈效应。

但尴尬的是，我和他压根儿就不认识，甚至连怎么加上他微信的相关记忆都没有。我赶紧上平台搜索他所在的理发店。页面上显示的各种团购套餐的价格对当时的我来说真的很贵，但我还是决定去染发，希望能借此机会和他熟悉起来。

那天，我在理发店门口徘徊了好几分钟，满心忐忑，特别害怕给我染发的不是我想找的这个人，而是店里的其他理发师，那样一来，我还要再想别的借口认识他。幸运的是，当我轻轻推开门的那一刹那，他立马站起身，脸上满是笑容，热情地迎接我。就这样，我顺理成章地成了他的顾客。

之所以选择染发而不是剪发，我是经过深思熟虑的。毕竟染发所消耗的时间更长，那我和理发师就能有更多的时间去聊天。

果不其然，理发师开始询问我想要染什么颜色的时候，我故意轻声说道："染个素一点的吧，我是做服务业的，太艳丽的颜色不怎么方便。"

理发师微微一惊："啊，你也是做服务业的吗？还真没看出来，你是做哪方面的呀？"

我心中暗喜，赶忙回应："我是做收纳的。"紧接着，我就像是打开了话匣子一样，自然而然地向他详细讲起什么是收纳，收纳的单价大概是多少，还把我朋友圈里的一些相关图片翻给他看。

最后，我又状似无意地说起之前和一个搬家小哥的成功合作，并称他给我介绍成了几个订单，我还给他返点了呢。

理发师显然被吸引了，当即就表露出了合作的意向："我手里有客户源，我们要不要合作？"

随后，理发师十分爽快地帮我在他的微信朋友圈里发了个推广信息。我们约定，我从他手里获取的客户源，首单我给他返二十个点。当我从理发店走出来的时候，理发师依旧笑呵呵地站在门口送我，还给我的染发费用打了八折。这位理发师成功为我带来了八位客户，我也如约将返点发给他。

从那以后，我抓住了在没资源时迅速和他人建联的关键。飞黄腾达的人或许不容易遇到，但只要肯留心，就能发现那些能帮你建立联系的人。

后来，我每到一个高端小区做收纳，都会特意提前去小区里转转。不为别的，就是想看看能不能要到保姆、搬家小哥这类人的联系方式，也确实成功过很多次。

其实，多数人都很淳朴、善良，也愿意沟通交流，更愿意在力所能及的范围内帮助和自己一样的普通人。我也一样。

3 用最少的预算
给客户最大的惊喜

在讲述这一小节的内容前，我先来举个例子：假设你要去买一斤糖，一个卖家先抓了一大把，然后再一点点地减下来；另一个卖家是先少抓一点儿，然后再慢慢地加上去。你觉得谁的生意会更好？事实证明，是第二个人的生意更好一些。虽然都是一斤的重量，并且都给了实际的产品，但后者还给到了情绪价值，让你觉得自己在获得诚意。

曾经我也用过类似的方法。我对参加培训的收纳师说："如果客户给的订单价比较高，不要用抹零的方式讨好客户，而是换一种方式来让利，在让利预算之内，给客户添点植绒衣架、收纳盒等实用物品，让客户觉得你用心了，觉得你诚意满满，这才是有效的增值服务。"我培训收纳师，不只教技术，还会教给他们正确的商业思维。

团队中的收纳师都跟我反馈这个思维方式很有用。令我更开心的是，其中一个收纳师姐姐在我的方法基础上举一反三，得到了客户回头率高达百分之九十的成果。

她的做法是：假设有五百元的让利预算，她会把这五百元换成等价的收纳用具并拆成几份，一份一份送给客户，而且每一份都在客户的预料之外。

具体操作方式是这样的。最开始的时候，这位收纳师只带两百元的收纳工具上门。两百元钱的收纳盒、收纳箱个数非常多，客户看到收纳师带了这么多东西上门，忍不住会想：这个绝对是要花不少钱的。而这位收纳师却大大方方地说这些收纳工具是免费配套给客户使用的，这样就给了客户第一次惊喜。

紧接着，这位收纳师又抛出了第二次惊喜：

收纳的过程中，肯定是要用到带来的这些工具的，而客户跟在一旁，显而易见地能看到收纳效果比自己整理的要好很多。但问题也马上就出现了：收纳师上门时带的收纳工具并不够用。为了保持这样的整体效果，客户一般都会当场决定再添一些收纳工具，而收纳师早就预判了客户的心理，她会叫一个同城配送，再送价值三百元的收纳工具到客户家。

同城送的运费也不便宜，等到快递送来之后，客户已经准备好付款了，但这位收纳师立刻说是自己估算有错，工具没提前准备好，新补过来的这些也算赠送的。客户这时肯定会很开心，如果刚才心里还埋怨过收纳师让自己额外花了运费的话，现在还会产生一点儿愧疚感。

第三次惊喜在收纳工作全部完成之后。两次购买的收纳工具必然会富余一些，经过前两轮的心里博弈，客户看着剩余的空收纳盒必然觉得不好意思，会说自己刚才已经白拿那么多了，剩下的让收纳师带走就好。这位收纳师会再次高情商地表示：这些工具已经送给客户了，没有再带走的道理，而且过日子嘛，东西总会变多的，留给客户用就好。

这一套“组合拳”下来，能让百分之九十的客户在三个月内再找她做一次收纳。对服务业来说，这个回头率真的已经是非常非常高的了。我问她是怎么想到这样的方法的，她说：“同样的预算，我为什么不多给客户制造几次惊喜呢？”

没有人会不喜欢惊喜，熟练掌握这种思维方式，用巧妙的方式给客户有效让利，会给你带来不一样的效果。

4 不止同行能学习，跨行也能学习

有一段时间，我的收纳事业进入了瓶颈期。那时，我已经以收纳为主业做了快一年了，单纯从技术的角度来讲，我始终属于行业内的顶尖水平。

可我能提供的收纳服务就止步于此了吗？找不到突破口，就意味着我没法用自己的本领换取更大的价值，难道我已经到了上限吗？我不甘心。

苦思冥想之后，我决定跨行学习，去其他服务类行业取取经。正好有一天，在回家的路上我看到一家按摩店，单次最高消费可以达到两千元。

这个价格一下子就激起了我的好奇心，于是我咬咬牙到那家店里做了一次最贵的按摩，想看看他们是怎么提高附加值的。而这次我学到了三种给客户提供情绪价值和增值服务的方式。

店里的按摩师服装都是统一的，每一个人做的动作、鞠躬的角度都是一样的。这样做似乎形式大于内容，但的确能给人很正规的感觉。开始按摩后，我更是吓了一大跳——店里的按摩师非常体贴周到，会轻轻扶着我伸手、伸脚、翻身，而且目不斜视，全程不八卦，不推销。这无疑让顾客感到自己是被尊重的，给到了很大的情绪价值。我当即领悟到，给客户提供情绪价值是个很好的思路。于是，我们定制了统一的工作服，要求收纳师入户前先主动穿鞋套、喷消毒喷雾、佩戴摄像头，这样做，无形中强调了我们的专业性，更给了客户很强的安全感。

在按摩的过程中，按摩师会详细地为我介绍她按到的经络、穴位的名字，按这里对人体有什么好处，日常应该从哪些方面注意保养身体等知识。在纯粹的按摩服务之外，这家店十分注重给顾客提供附加价值。如果只有纯粹的按摩，人当下确实放松下来了，但过几天还是会恢复原样，客户对这位按摩师也不会有过多的记忆。但加上相应的养生知识后，顾客可以自己在生活中实操，在做相应的事情时，也许就会想起教他这件事的人和店。这样一来，无形中就延长了对店铺的记忆时间。

对应到收纳中，我想到如果在收纳结束之后，为客户赠送一个小时的时间，向他们讲一讲“断舍离”的思维，告诉他们如何通过合理地整理和舍弃物品，让自己的生活变得更加简洁和舒适。如果客户家里有孩子，我还可以教孩子一些像叠袜子之类的简单生活技能。这样一来，客户不仅能够享受到整洁有序的家居环境，还能看到孩子在生活习惯上的积极改变。当他们在后续生活中看到自己的孩子知道主动收拾杂物时，欣慰和喜悦的心情一定会让他们对我们的服务更加满意。

离开前，按摩师向我推荐了几天后的一场免费活动，称活动现场会讲一些养生的小知识，还会有同样喜欢按摩、养生的人聚在一起做游戏。这是一个扩大社交圈、认识新朋友的好机会，于是，被我吸纳到收纳服务中，尝试不定期举办小型活动，为客户提供社交上的价值。

这些新增加的服务的价值已经远远超出了整理收纳体系本身拥有的，但也正是这些超出了技能的部分，让我能够为客户提供更多附加价值，进一步吸引更多有着不同需求的客户。

按摩看似和收纳风马牛不相及，但本质上同属于为人提供服务，部分的理念是相通的。**所以，当我们在自己的行业里遇到瓶颈时，不妨去更大圈层的同行里看看，没准稍微跨一跨行，就能很容易地找到自己缺少的东西。**

5 站在替对方考虑的角度来解决自己的问题

解决问题的方法不止一种，途径也不止一条。重要的是你怎么想，从哪个角度去想。逆向思维是非常有用的，我想通过两个朋友的小故事来说明这个道理。

我朋友开了一家自助火锅店，生意越来越难做，如果不想出解决办法，很可能就要关店了。万万没想到的是，她想出来的对策是涨价。当时，她身边的人都不理解，不降反涨，这生意还想不想做了？更令人意想不到的是，涨价两个月后，店里居然出现了座无虚席的火爆场面。为了搞懂里面的门道，我到她所在的城市出差时，特意去她的店里一探究竟。

见面以后，朋友详细给我讲了她的“生意经”。过去收益不高是因为顾客浪费，为了避免这种情况，她设置了押金，如果顾客吃不完，押金不退。这样一来，那些饭量小的客户就不敢来吃饭了，所以生意越来越差。

那段时间，她每天都发愁该怎么办，正巧有一次在店里，看到一个年轻的店员端着热水走，嘴里喊着“让一让”。但她的警告没起到太大作用，一个正在玩闹的孩子还是撞到了她，热水溢出来，服务员被烫出来好大一个水泡。紧接着，年长一点的店员也端着开水出来了，可是她喊的是：“好烫的开水，小心烫！”周围的人一听到，立刻就躲开了。

朋友看到这样的场景立刻开了窍：同样的问题，站在怕顾客被烫到的角度去说便很管用。这不就是逆向思维吗？于是，经过一夜的思考，她最终顶着巨大的压力，涨价五十元。然后又立了一块牌子，写着“粒粒皆辛苦，响应号召，本店顾客凡是没有浪费食物的，奖励五十元”。

这样一来，既避免了浪费，又保住了店里的利润，还让顾客感觉自己得到了实惠，火锅店的生意很快就回春了。**当你能够逆向思考时，你便可以调整自己的说话方式，用为对方考虑的方式来表达自己的目的，一切就会非常顺利。**

另一个故事则来自我的合作伙伴。

我曾经找了一个做园艺设计的朋友合作，一起去苏州给某座宅子做日常维护。客户一家定居国外，祖宅只有父母偶尔回国居住，因此需要定期维护。朋友的团队负责室外园艺，我们团队负责室内收纳，每年六次，一次两天。生意不大，但胜在不费神，本来是个很好的事，结果忽然出了一个问题：临近年关人力成本涨价，他的部分成本超预算了。

定金已经交了，再涨价不符合行规。思来想去，朋友灵光一现，给客户打了一通电话，用时仅五分钟，挂断后，他很自信地跟我说：缩减预算。

我非常担忧，如果做得不好，会严重影响到我们在业内的好名声。朋友安慰我说："放心吧，我会让客户开开心心地接受新方案。"

第二天，我接到客户打来的电话，心里非常忐忑，但客户把朋友一通猛夸，说他实在是太专业了。原来，客户家两代从商，非常在意玄学方面的事。而我那个朋友特别善解人意，从"风水"的角度说庭院要"得影随行"，要结合自然地形进行规划设计，尽量少动土方，要做到因山作势、就地成形，甚至花草树木，都要做到与整个园林浑然一体，才成大观。

简而言之六个字——能不动就不动。这样一来，成本自然降低了。

后来，每次去这位客户的园子收纳，我看到满院子“浑然天成”的景观，都会感叹：**懂得逆向思维，能站在替对方考虑的角度来解决自己的问题，真的是太聪明了。**

从专业的角度来说，朋友对庭院的设计兼顾了美学和经济实惠，是无可挑剔的。但他没有用专业理念向客户解释外行人听不懂的内容，反而用“风水”轻而易举地说服了对方。虽然从科学角度讲并没有什么依据，但他精准掌握了客户的心理。

从对客户有益的角度出发去沟通，以便达成自己的目的，这的确是从事服务行业的一种高效的思维方式。

6 贵人 不可“贱”用

大多数人是通过短视频这个渠道认识我的，而开始发展自媒体的契机则源于我去一位带货主播家做收纳。

来到主播家时，她正在直播带货，是她的助理接待了我。像往常一样，我迅速投入到工作中去。工作时，我能清楚地听到直播内容，偶尔也会看到显示屏上迅速上涨的销售数据。我觉得，这是一个利用新兴事物增加收益的好机会，迫切地想多了解一下这个对我来说有点陌生的领域。

然而，等我终于找到机会和那位主播交流的时候，却退却了。虽然她很热心地鼓励我尝试做直播，但当时的我完全不了解短视频行业，就像在黑暗中摸索的人，即便有人想拉我一把，我都不知道该把手伸向哪里。

最终，我决定自己先去摸索一段时间，等我做出一点成果来再向她请教。如果我什么都不懂，问她一些很初级，甚至有点傻的问题，可能会让她丧失教我的兴趣。毕竟对一个专业主播来说，时间是非常宝贵的。

贵人绝对不能“贱”用。

从她家出来后，我满脑子想的都是关于短视频的事。回到那个简陋的出租屋里，我坐在那张有些摇晃的书桌前，闷头思考究竟可以发些什么内容。

起初，我只是简单地发了点收纳前后的对比视频。不得不说，这确实吸引到一些人来询问，但这距离我想要的效果还差得很远。我知道，要想在众多短视频中脱颖而出，必须得有更吸引人的东西。流量的背后必然要有吸引人的话题，我必须得在众多话题中找到一个最适合自己的。

虽然那些成功的案例各不相同，但我相信它们的底层逻辑都是相通的。为了找到这个答案，我开始没日没夜地猛刷短视频。一开始，五花八门的视频内容看得我头昏脑涨，却没有一点头绪。直到有一天，我忽然想起上学时看过的一部片子，里面讲过电影的前几秒是如何吸引人的。

答案无外乎三种：第一种是在开头放满金银财宝，第二种是以颜值取胜，最后一种是视觉效果超棒的武打动作。我反复琢磨着这三种类型，最终对第一种产生了兴趣，毕竟都是打工人，谁不想日子过得更好一点呢？而且这个话题似乎和我现在的生活、工作状态能产生一些关联，也许正是最适合我的。

正巧，那段时间，我看了一部叫作《富豪谷底求翻身》的纪录片。这部片子讲的是一个富豪，挑战到没有人认识他的地方一个月赚一百万。看完这个纪录片，我整个人仿佛被电流击中一般，激动得直接从床上弹了起来！这不就是我一直在寻找的东西吗？

我毫不犹豫地决定将这个话题学了过来，规划了一个叫作《收纳师挑战月入百万》的系列视频。从那以后，我几乎把所有的时间和精力都投入这个系列视频的制作中。拍摄、剪辑、配乐……每一个环节我都亲力亲为，力求做到最好。当我终于把第一个视频发布到网上时，我的心都被提到了嗓子眼儿，我不停地刷新页面，期待着它能引起关注。

我始终记得视频爆火的那天。当时，我正在外面为了一些琐事而奔波，同事忽然打电话给我。周围的环境嘈杂不堪，电话那头传来她激动得近乎尖叫的声音："火了！"

我一下子没反应过来，还傻乎乎地问："什么火了？公司着火了吗？”

她在那头大喊：“是账号火了！”

我还是有些蒙，继续问：“谁的账号火了？”

她几乎是用尽全身力气喊道：“你的！你的账号火了！”

那一刻，我仿佛被雷击中一般，愣在了原地。

我颤抖着双手，激动地掏出手机，打开那个熟悉的平台，死死地盯着账号的页面。天哪，真的火了！仅靠那一条视频，粉丝数竟然已经涨到十五万之多！我的心瞬间被巨大的喜悦所填满，之前所有的疲惫和迷茫都在这一刻烟消云散。

评论中自然会有一些不和谐的声音，但这并不影响同事们像过年一样开心。他们庆祝时，我却一个人默默地躲进卫生间里，颤颤巍巍地捧着手机打字。我想对那位曾经鼓励过我的主播说声感谢，因为我知道，如果没有她，我不可能走到今天这一步。

消息发出没多久，她就回复了我。我甚至没想到她会这么兴奋，她紧接着就给我发了十几条六十秒长的语音。在那些语音里，她详细地跟我说要怎么做人设，怎么变现，什么是流量为王，发展到什么时候可以开始直播，以及如何通过自媒体接收纳订单，等等。

我一条一条地把她发来的语音转成文字，认真地整理成笔记，再截图给她看。

在起号的前三个月里，为了表示感谢，我每周都会去这位主播家里免费帮她做收纳。她总是笑着对我说："我们都是朋友了，你该收钱就收钱，有想问的直接来问就可以。"

我却坚定地告诉她："你不只是我的朋友，更是我的贵人。"

再后来，她真的帮助我拓展了很多圈子。她利用自己的人脉和资源，让许多原本合作一条视频收费十几万元的博主，免费帮我发了视频。这些博主的影响力是巨大的，他们的推荐让我的账号得到了更多人的关注，粉丝数量不断地飙升。

随着账号的影响力逐渐变大，我们的客户所在的地理范围也迅速拓展开。原本我们只是做上海这一个市的业务，从这以后，江浙地区开始有人找我们做收纳。在这个时代，交通确实很方便，信息的传播速度更是惊人。就这样，我们的商业版图从最初的一个市，慢慢地拓展到了整个江浙沪地带。

如今，我们的团队在不断壮大，业务也越来越多元化。除了收纳服务，我们还开始涉足一些相关的周边产品，比如，设计定制的收纳工具和家居饰品等。这些产品受到了很多客户的喜爱，进一步提升了我们的品牌影响力。

贵人不可“贱”用。这句话虽然说得有点儿市侩，但道理却是实在的。每个人都希望在自己的生活、工作中遇到贵人，但这并不意味着我们一切都可以等着别人提点和帮助。机会并不会主动送上门来，**最根本、最关键的仍然是自身要有足够的硬实力。**

当你已经有实力靠自己站稳脚跟，找到最适合自己的方向时，自然可以稳稳地接住所谓的“贵人运”。

收纳师们，我们一起加油吧！

7 多倾听多观察，晚十秒再开口

有一次，我到一位大学教授家中做收纳，当时，他家正好有一位早教师在给他三岁的小孙女上课。

那节课教的是五官，早教师负责教孩子五官的基本用处。没想到的是孩子的奶奶也参与进来，缓缓地说：“宝贝，**人之所以只有一张嘴但有两只耳朵两只眼睛，就是要让你多听多看，要永远比别人晚开口十秒。**”

早教师愣了，三岁小孩肯定也听不懂，反而是我无意中获益良多。在这之前，从来没有人教过我这个道理，我一直是想说什么就直接说了。

俗话说“贵人语迟”。晚开口十秒，便是给自己留了更多观察的时间和反应的余地。就是靠着这点，我几次抓住了从别人手里溜走的机会。

印象最深的是一位性格有些古怪的客户。她住在市中心的洋房里，找我们下订单时，说觉得家里怎么收拾都不舒服，必须得请专业的人来。这种情况很常见，大多是空间设计存在问题，收纳师只要重新分配，合理利用空间就行了。起初我也没觉得有什么奇怪之处，就把这个订单分配给了距离客户位置最近的收纳师团队。

可到了正式收纳的那天，团队的负责人却给我打电话，说她是真的不知道该怎么服务这位客户，收纳师们全都是按照标准流程操作的，可是才开始工作不到半个小时，客户就开始挑毛病，把她们都赶出去了，吵着说要找领导解决问题。负责人欲哭无泪，只好打电话向我求助。

一听到有这种挑战，我立刻来劲了。正好当时有空，我赶紧揣上消毒喷枪打车过去了。

我当着客户的面，特意让收纳师都套上两层鞋套，然后拿着消毒喷枪给每个人都全身消毒一遍。客户虽然仍旧很不高兴，但还是侧身让我们进去了。

屋内的景象果真和我想的分毫不差。她家里干净得一尘不染，每一件物品都十分规整地摆在她自己安排好的地方，虽然说确实有几个地方动线不太合理，但整体来讲，已经做得很好了。

我看着房间里的状况，没着急解释，而是先拉着收纳师问到底发生了什么。收纳师又急又委屈，和我说客户动线不合理，她把口罩盒的位置改到门口柜子上，可客户非要和她吵，说口罩盒子放在这儿，盒子边缘比柜子短了一厘米，实在是太难看了，就是要放在厨房。收纳师把衣服都整理好挂起来了，这样方便找，也不容易留下折痕，但客户坚称原本叠成一样大小挺好的，挂上之后衣服长短都不一样，看着不好看。

才刚开始收纳，客户就百般阻拦，工作还怎么继续下去？

默默倾听给我留出了足够的时间思考当前的形势——客户家里没什么大问题，房间布局基本不需要改，归根结底，问题出在人身上。

我安排几位收纳师先行离开，自己留下，并向客户保证，这次是我们安排的问题，刚离开的收纳师不擅长这个风格，我会根据她的情况专门定制化地收纳。我问客户，觉得家里哪里不舒服，主要想改哪里，她在一旁皱着眉头，说了半个多小时。过程中我一言不发，倾听着她的想法，观察着她家的布局。

整个问题概括起来就是：这位客户对房间有自己的规划，收纳的时候完全保留她原本的位置就行了，她所谓的“更整洁、更好”，重点就是要让她感受到更强的“秩序”。所以这次收纳是在解决人的心理问题，而不是处理物品。

了解到问题的核心之后，我迅速调整收纳方式。我当着她的面，把东西全部拿出来，再按照原位放回去。放回去的时候，把所有物品的方向都调整成一样的，再拿尺子调整好距离，保证两件物品间的距离完全相同。

全屋收纳完，她看着房间特别满意，一次次感叹我果然很专业。

回到公司后，我给收纳师们讲了处理方法，她们惊呆了，没想到问题居然还能这样解决。我说，**但凡你们愿意多听一听客户说了什么，了解到她的核心诉求，比她晚开口十秒，就能知道该怎么做。**这个时候专业能力是次要的，重点是要满足客户心里的秩序感，让她觉得舒坦。

为什么我能发现对方真正的需求，并且投其所好解决问题？根本原因就在于，我能够**沉下心来晚开口，并拿这个时间去观察和学习。**

04

第四篇

想成为**行业顶尖，**
你需要**转变一些观念**

1 骄狂就是失败的开始

在拓展自媒体领域的过程中，我并没有像大多数博主那样将每一步都规划得井井有条才开始行动。账号爆火之后，来找我们做收纳的订单数量远远超出了我的预期。仅用了一个月，我就赚到了过去的我连想都不敢想的巨款。我觉得它证明了我的能力，给了我真正扭转过去的底气，也让我和母亲在面对生活时彻底挺直了腰杆。

可这份自信的资本实在来得太快了，快到让我冲昏头脑。那段日子里，我的状态简直可以用飘飘然来形容：流量就像潮水一般汹涌而至，来得如此迅猛，以至于我天真地认为那都是理所当然的，并且会一直源源不断地增长下去。我丝毫没有珍惜这突如其来的庞大流量，反而在它的“溺爱”下迷失了自我。那段时间，我买了很多之前觉得这辈子都消费不起的奢侈品，考下驾照后忍不住每天开着豪车出去炫富。这些内容开始频繁地出现在我的视频里。

每次直播的时候，听到那些质疑我的声音，我根本不去思考其中是否有我自身的问题，而是毫不犹豫地立即“怼”回去。仿佛觉得自己拥有了无限的“特权”，可以无视一切不同的意见。当时，我几乎沉浸在了这种虚荣却又让我觉得无比满足的生活里。

然而，世界是极其现实的，它不会因为我的自我陶醉而停下改变的脚步。随着我的变化，周围的人和事也在悄然发生着改变。随着时间的推移，我账号的数据开始呈现明显的下降趋势，粉丝们的活跃度越来越低，还有许多人取消关注，他们不再像以前那样热衷于我的直播和视频内容。

自媒体的流量是很现实的，你做的内容受粉丝喜欢，那么流量就好。如果粉丝群体不喜欢，同类型的博主有很多，他们会毫不犹豫地转向另一个更符合自己喜好的人。**也就是说，做自媒体最需要的就是利他属性，是主动给粉丝他们想看的东西，而不是自我满足式地自娱自乐。**

流量的下滑给了我当头一棒。刚开始我还觉得委屈，但不论我自我感觉如何，从外界的反馈来看，我就是错了，如果不及时反思与改变，我随时都有被网络抛弃的可能。到这时，我才突然意识到那些曾经对我很好、很照顾我的前辈好像也在渐渐地疏远我，有什么活动时不会像过去那样带我参加了，有生意的时候也不会跟我一起做了。

究其原因，穷人乍富的我飘起来了，变得越来越骄傲和狂妄，让不管是近在身边的朋友们，还是网络上的观众，都觉得我心浮气躁、不再注重内容的质量，以至于我走上了下坡路还丝毫没有觉察。

终于意识到这一点之后，我及时悬崖勒马。我把自媒体账号上那些不合适的内容都删掉，重新发布粉丝爱看的、具有利他属性的内容，还和渐渐疏远的朋友重新走动起来。这样才一点点重新走回正轨。

做事先做人，此后，我经常以此为戒警醒自己，无论何时都不要被乱花迷眼，一定要坚守出发时的本心。

2 不起眼的“表面功夫”往往影响事情的成败

初入社会的人可能会认为，事关合作，只要我把事情做好合作就一定能成功。其实不然，**有些时候，恰恰就是不起眼的“表面功夫”影响了事情的成败。**

当你不清楚自己能给对方提供什么时，不如换个立场想想对方需要什么。需求大致可以分为两类，一种是物质需求，一种是情感需求。恰到好处的“表面功夫”可以最有效地给人提供情绪价值，满足人的情感需求。

我总结了三个小妙招：**下车擦灰、挺直后背、给假花浇水。**了解后，你就会发现这个世界上绝大部分的向上社交问题，都能用这三个小妙招解决。

第一招，下车擦灰。这是生活中一件微不足道的小事，甚至有人觉得它是在浪费时间。但这是一个非常注重细节的做法，尤其是在服务行业，能直接表明自己是一位非常注重细节的专业工作者。

有一次，我去参加一个活动，离开时搭了一位老板的便车。那位老板主要做线下的家政培训业务，她希望我能带她做账号并研发线上课程。但她的团队人员不多，体量不大，起初我并不是很看好，合作意愿不强。

虽然这位老板一直向我强调，她团队的人都很注重细节、很会服务，一定要给她一个机会。但我觉得耳听为虚，并没能被打动。正巧聚会散场时下雨了，这位老板的司机主动说可以先送我回家。老板的车子停在距离会场大门几步远的位置，我们小跑过去就可以了，可司机还是给我们俩每人递了一把伞。

更出乎我意料的细节是：司机小步跑回去，先给我们开了车门，随后用抹布认认真真地擦了几下车的门槛。雨天门槛上会有积水，上车的时候可能会蹭脏裤脚，各式各样的车我坐过不少，一般这种情况只需要乘客上车时小心一点就好了，能注意到这个问题的司机我还是头一次遇见。这样一个微小的动作让我印象太深刻了，她的老板说团队里的人心细，而她作为司机，果然印证了这点。

后来，这招被我学会了，并灵活运用，我给它起了个名字，叫“下车擦灰”。每次预采（又称空间诊断，是正式收纳的前一步），我都会印一个表格，让学员人手一份，表格中的内容包括客户常用手是左手还是右手、喜欢什么色调。大部分情况下，确实形式大于内容，但是意味着我们会认真细致地对待小细节，对此客户非常受用，订单的完成度和客户满意度都非常高。

第二招，挺直后背。不管你有多么辛苦疲惫，永远不要表现出自己很吃力的样子，因为自信的姿态十分重要，它可以让人觉得你热爱自己的工作，并生活得很滋润，谁都愿意跟这样的人打交道。

我在全国拥有几十个收纳师团队，我发现维护的客户最多的那些人，并不是活儿做得最好的，而是会有意识地把良好的精神面貌保留到客户关门前最后一秒的。这并不是简单的不怕苦不喊累，而是因为这些收纳师听进去了一个道理——不要让他人觉得你已经到了上限。

我常对团队的人说，**干活出九分力气，一分来表演精气神，比你直接做十分要强。**哪怕衣服叠得很好，房间规划得很合理，但是到最后一步你看起来精疲力竭的，背也弯了、头也油了、话也不说了，客户也会觉得你想赚的这个钱超出了你的能力，这时候，哪怕有需要调整的东西，你配合了，他也会觉得你处理得不尽如人意。

所以，注意自己的精神面貌吧，这真的会对你的工作产生长期影响。

第三招，给假花浇水。简单点说，就是练就高情商，关键时刻能给对方“挽尊”（即挽救尊严）。总结出这招是源自一次去做入户收纳时的“乌龙事件”。现在回想起来还觉得蛮好笑的。

那是一位很爱炫耀的客户，我们一进门，她就开始吹嘘家里的东西有多贵。收纳到阳台的时候，她指着上面一排多肉植物说：“这个特别难买，你们千万要小心。”好巧不巧，当时团队里有一位来自云南的收纳师，她家里就是做花卉种植的。她心直口快，特别恳切地说：“姐，你被人骗了！我是专业的，这多肉一眼假，是塑料做的。”

嘴快就算了，这位收纳师手也够快的，话音刚落就拿起一个花盆把里面的多肉拔出来了。看着养了一年的多肉，本来该是根的地方是一圈铁丝，客户瞬间僵在原地，表情都凝固了，场面一度十分尴尬。

我赶紧把那棵被拔出来的多肉插回去，然后拿起旁边的水壶给它浇了点水，对收纳师说：“现在就流行这个，好多人工作忙，买这个省心。真的假的人家自己能不知道吗？就是图个观赏，看着绿油油的感觉开心！”

客户看到台阶，立刻顺着下了，也并没有影响到我们后续的收纳工作。

这三种“表面功夫”看似不起眼，却需要很强的应变能力、经验和情商。在细节决定成败的关键时刻，相信你会用得上的。

3 人在失意时
不要失态

我为客户做收纳，时常能看到客户的人生巨变。有些人是同我一样一步步往上走，有些人是在遇到危机后力挽狂澜，还有些人是遇到危机后就这样没落下去，没能东山再起。而我在多次收纳中常常会听到他们讲起自己的故事，总会有些让我受益匪浅的观念。

令我印象很深的是一位每年都会叫我去做一次收纳的客户，每次收纳都是为搬家而打包。每一年，她都会搬到地段更好、面积更大的房子里。最初为这位客户做收纳时，我还是一个单打独斗的小收纳师，费用并不高，之后有一次她来找我，我说我已经涨了价，不确定新的价格她能否接受，她听过报价后很自然地答应了。直到最后，她终于买下了属于自己的房子。

几年来，我们凭着每年一次的交往，一点点见证了彼此的进步。

还有一位跟我合作过许多次的姐姐，几年之前，她所在的行业蓬勃发展，她家的生意也是如日中天。每隔几个月，她就会叫我上门做一次收纳，时间十分固定。但有一天她忽然说家里有事，近期都不用来了。客户的隐私不能打探，但根据以往的经验，我猜测她是遇到了困难，暂时无力把钱花费在收纳这类服务上。我没有多问，只是说有需要的时候再来叫我。

过了大半年，我再次收到了她发来的消息，依旧是请我做收纳。她说得很轻松，但字里行间的含义却隐隐透着沉重。过了一会儿，她像开玩笑一样地说："过几天，我会请客户来家里吃一顿饭谈合作，如果不成功的话，以后都请不起你了。"

地址还是过去的那个地址，但真正到她家之后，我看到她完全没了过去意气风发的样子，整个人好像老了好几岁，甚至带着些疲惫，原先精心打理的奢侈品也换成了高仿。凭借这些细节，我判定她家里的经济状况出问题了：她一定是将原来的那些奢侈品全部卖出去换钱应急，而如今又买高仿回来摆在原位、请人做收纳，就是在努力维持自己并没有彻底败落，还能够翻身的形象。

在我做收纳的同时，她也没有闲着。她一边噼里啪啦地打字，一边和人通着电话，商讨着方案。奇怪的是她虽然疲惫不堪，却没有让我感受到一点儿濒临破产的人常有的焦急或恐惧。我收纳结束，她也差不多通完了电话，约好了第二天来家里聚餐的人。

临走前，我很好奇地问她："难道你一点儿都不着急吗？"她告诉我，这样的境遇过去并不是没有遇到过。那时她才三十岁出头，为了度过危机，甚至放下面子跑到别人的办公室哭。那段时间她求了很多人，最终只有一个人愿意借钱给她。随着三十万元一起打来的还有一行备注，上面写着：**"人在失意时不要失态。"**看着这行字，她也明白了自己几个月来求助无果的原因。

她的事业一直都不算顺风顺水。从最初开始经商到现在已经度过了十几年的光阴，中间经历了几次相似的困局，而这一次是最严重的。可她却说："这种时候，只要扛得住，慢慢来总会熬出头的。"

她说的这些话让我记了很久。后来，我的公司在经营上也遇到过大大小小的问题，我也面临过几次失意。每当我想放纵自己做出可能会导致无法挽回的损失的举动时，我就会想想这位姐姐的经历，还有她对我说过的话，然后强打精神，努力维持良好的心态、仪态。事实证明的确如她所说，那些危机我都慢慢熬过来了，最终成了今天的样子。

《繁花》里说人要有三只钱包：第一只，是你实际上有多少钱；第二只，是你的信用，人家钱包里的钞票你可以调动多少；第三只，是人家认为你有多少钱。

那第一只钱包她已经没有了，**但是只要精气神不倒，第二只钱包和第三只钱包就还是鼓的，她的生意就还有一丝转机。**

4 学会“对症下药”地夸人，事半功倍

小时候我们总被教导：想要什么东西要靠自己的能力争取，讨好别人得来的不长久。这导致我心里有了“夸人”等于“拍马屁”的误区，因此对“夸人”特别不屑一顾。工作后我才明白,“夸赞别人”是情商和智慧的双重体现，跟“讨好”“拍马屁”是完全不同的两回事。

其实，夸人是有公式的。只要掌握得好，就能快速拉近人与人之间的关系。这一点在工作中非常有用。

我有一个人送外号“刘三顿”的朋友。这个外号的意思是不管是多难谈判的客户，只要给他三顿饭的机会，他就全能谈下来，甚至后续工作客户都会点他来跟进。其中的关键就在一个“夸”字上。为此，我没少跟他学习夸人的语言艺术。

有一次，我要谈一个新的同城业务，如果我能签下来这单业务，对方公司每年能给我团队的收纳师派五千个订单，可以缓解很多人的生活压力。但是我私下打听过，他们刚拒绝了一个报价比我低很多的公司，具体原因我完全不知道，因此，在谈判前我不知道要怎么调整自己的方向。即使已经提前准备了一个月我还是心里没底，于是，我请那位朋友到公司，陪我一起谈这项业务。

我担心自己嘴笨说错话，让朋友临时教我点有用的。朋友相当自信地说："夸人啊，讲究一语中的。面对不同的人，你要说不同的话。今天你看我怎么做，就全明白了。"

这一天结束，事情推进得无比顺利，顺利到我连想都不敢想。

朋友一大早就到了我公司，在客户到来之前，他先组织员工开会。之前他来过我公司，大家都认识，所以没人提出异议。其实开会的目的很简单，就是给大家增加工作内容。谁不希望工作能轻松点儿呢？所以每次开这种会，我的压力都很大，员工也不爱听。但朋友几句话下来，每个人都增加了工作量，还喜气洋洋的。

原因是他把人挨个夸了一遍，又针对每个人的优点安排了新的任务。散会后朋友解释：**“跟团队的人交流，你要提炼出他们各自的优点，因人而异地夸。再普通的人都有值得夸两句的地方，我们只需要把它发掘出来、说出来就好。”**

我听完觉得确实是这么回事。但朋友马上又说：“员工可以这样夸，但合作伙伴就不一样了，待会儿见到合作方，你看看我是怎么聊的。”

朋友的话音刚落，我的助手就引进来一位女士，正是这次合作公司的老板。她不苟言笑，气场很强，看起来就不太好说话。她穿着一身黑色的拖地长裙，身上戴着各种各样的银饰，说不清是哥特还是朋克。一看到她这种特立独行的打扮，我立刻偷偷给朋友发微信：“既然她这么会打扮，就一定得夸她审美出众，衣服好看。”

但朋友认为，她的穿着风格不是一天两天能形成的，这样的夸赞，她一定经常听到，没什么新意，话绝对不能这么说。紧接着，他就和这位老板寒暄起来。几句话说完了，他们还没开始提合作的事，我有点儿着急，生怕合作谈不成。这时候，朋友忽然开始说，他最近看了一个公众号，文章写得特别好，主编竟然和这位老板同名。

这位老板的眼睛瞬间就亮了，她说主编就是她本人，写时尚文章是她的个人爱好，账号是和朋友一起做的，数据一般，没想到还有人看。

朋友立刻接上她的话茬，说高端的东西注定是小众的，就像她能看中收纳师赛道，有品位的人是一通百通的。一听到被夸自己有品位，老板更高兴了，她说自己已经问了周围的合作伙伴，都觉得我们的合作方向很有前景，愿意为此埋单。

几句话间，合同已经递到了老板的手边，她也没有拒绝的意思。只差最后一步签字了，朋友发来微信催我："还差最后一步了，快夸！她带的笔是派克笔的世纪系列。"

我对书法一窍不通，不知道朋友是何用意，但还是顺着钢笔的品牌赞美了这位老板的气质。她投来一个很欣赏的眼神，顺势拿着这支钢笔签了合同。她一边看合同，一边解释，说其实她已经想好了，另一家竞品公司规模比我们更大，不过是以保洁为主，不容易转向高端市场；而我们做收纳师赛道，虽然规模小、报价也更高些，但是有审美保障，赛道也更容易转向她需要的市场。最重要的是，见面一聊，觉得我们很合得来。

直到下楼的时候，她还满面红光地跟我说："今天聊得很顺利，如果这个季度实行得好，下个季度我从五千份订单再追加到七千份。”

就这么一个下午，朋友靠着几句话，帮我谈成了本来可以说是困难的合作，又把业务范围扩大了这么多。我拉着朋友说真的是太巧了，你竟然正好看过她的文章，还认识人家带的笔，这次请你来真的是天助我也。他大笑一声，说文章是现场搜出来的，钢笔也是现场拍照识别出来的。这些都是很精巧的小心思，找对了必然事半功倍。

所以说，永远不要吝啬自己的夸赞，还要“对症下药”地夸在对方精心设计的点上，让对方有一种“你懂我”的感觉。

5 做生意，了解人性很重要

在我服务过的许多客户里，有一位大哥特别厉害，我给他收纳了四年，也渐渐地和他成了朋友。大家都叫他“肖哥”，我也跟着这样叫，直到收纳他家的时候看到销冠的奖杯才知道，他根本不姓肖，“肖哥”是别人给他起的外号，“肖”原本是销冠的“销”。

我经常向肖哥请教如何提高业绩。后来，利用一次完整的竞标过程，肖哥教了我三招把握人心理共性的方法。

第一招叫作“损二夸八”。

那一次，有一个高端社区在招标，但凡和装修有关系的公司都参与了竞争，保洁、家政、除甲醛，当然也有我这个做收纳的。那时候，我的团队刚成立不久，还算不得全市顶级，所以和另外几家公司对比起来，我们并没有什么压倒性的优势。

正在我绞尽脑汁地想该怎么和另外几家公司竞争的时候，肖哥联系我去他家做收纳，我立刻带着最专业的团队去了。听完我的问题，肖哥开始给我出主意。他说，不管是做人还是买东西，把自己夸满是大忌。既然没有绝对优势不如“损二夸八”，说一些自己的缺点，让人感受到自己的真诚。

当晚，我连夜改了 PPT，删了一些漂亮话，增加了一些无伤大雅的缺点，并说明下一步准备改进的目标。招标现场上，对方主管竟然开始宽慰我，说我们这个团队虽有不足，但总体来看挺鲜活的。一整天的会议下来，经过层层筛选，我们团队成功从十几个团队中脱颖而出闯入决赛。

第二招是一句话：**“输赢不在当下，而是在事件之外。”**

虽然顺利闯入决赛，但肖哥知道事还没成，问我最后一个竞争对手的实力如何。那一家家政公司，工作人员大多是五十岁以上的阿姨，主打性价比高和实惠，在报价这方面，我们确实比不过他们。我拿出早就准备好的思维导图，里面列着我写好的优势、劣势对比。

然而，肖哥根本没关注思维导图，他说：“输赢不在当下，而是在事件之外。”我没懂，他继续解释，负责招标的人是个主管，看年龄应该是已婚有孩子。

顺着肖哥的提示，我去了解了这个主管和他核心团队成员的个人情况，恰好了解到那位主管的孩子在上小学，那所小学是比较有名的参加社会实践活动比较多的学校，还设有收纳劳动课，我于是找机会告诉那位主管，我可以免费为他家孩子所在的学校提供收纳师授课活动。

这样做的效果可谓一石二鸟：一来为主管提供了额外的服务和价值。二来我们的收纳师有了进校园授课的机会，能够展现我们团队的实力，收纳师们也很高兴。

最终的竞标结果正如肖哥所料，我们的价格虽然比家政公司贵了两成，但物业团队以我们更高端为由，一致决定，第一年先和我们团队合作。家政公司的老板也挺意外，他没想到拿出价格底牌了自己还会输。

第三招可谓大道至简，也是日常生活中我们最容易忽略的一句话——**人心都是肉长的。**

事成之后，我去肖哥家登门致谢，临走之前他嘱咐我：人心都是肉长的，长期相处的关系，只要你是真心对待对方，一定能得到对方积极的回应。

肖哥说："我现在的老板，其实是我当初的客户。前老板看我年底分红快跟他赚的钱一样多了，就想找自己的小舅子顶替我。但他根本不知道我和客户的交情有多深，且不说工作中涉及到跟我对接的大事小情我几乎二十四小时待命，客户家里孩子上学、老人看病、外出游玩、装修搬家，只要能用得上我的，我都是跑前跑后尽心尽力。人心都是肉长的，知道我在前公司遭遇不公，现在的老板立刻向我递出了橄榄枝。”

那一刻我明白了：**做事业除了有技术、懂心理，真心、诚心最重要。**

6 人是做生意的关键，场也是

做生意的确要靠人的头脑，但地点也是关键，毕竟酒香也怕巷子深。

我曾经遇到过一位很奇怪的客户，她连着三天下单点名要我去做收纳。前两天我忙不过来，就安排了团队里一位资历较深的收纳师去。据去的人反馈，连续两天，这位客户像准备教具一样准备好家里要收纳的东西，而且每收纳到一个新门类，她都追着收纳师问该怎么做。即使前一天东西都已经收拾好了，她也要重新弄乱，再找人上门整理。

这种情况实在是太奇怪了，看起来她很像是想要偷学的同行。到了第三天，她又下了一单，这次我亲自上门，看看她到底想要做什么。可真正到她家以后，我发现情况完全不是我想象的那样。见面后，这位客户开门见山地问如果她给我拉收纳订单，我可以给她多少利润。

这种情况和我创业时想办法与那位手里有资源的理发师合作一样，只不过，这一次是对方先找到我。她自我介绍说自己是一名美甲师，每天都会接触到许多高消费的客户。她在朋友圈中看到我团队里的人发的广告，就想到利用自己手里的资源推订单赚分成。于是，她就这样锁定到了我的身上。

与她合作算是多了一个宣传渠道，我没多想就答应了。在我本来的设想中，她应该是不大容易做成这件事的。她原本所处的环境确实是块风水宝地，手里的资源确实不错，但只凭朋友圈的广告很难让一个潜在客户下单，要是在做美甲的过程里推销，她的老板也不会愿意。

但万万没想到，半年的时间里，她推给我的订单，竟然比一个刚入行的收纳师自己拓展的还要多。我开始好奇她究竟用了什么方法，就邀请她吃了一顿饭，请她介绍经验。

她解释说，她会在做美甲的时候播放一条提前录好的语音，内容是："你好，上次你提供的整理收纳服务我老公特别满意，什么时候你有空到我姐妹家再做一次。"一条语音就这样自然而然地带出了"整理收纳"这样一个关键词，好奇的人自然会接着问详细情况，要是对方不好奇，她也就不再谈这个话题了。

这样一来确实成功把话题引导到自己希望的方向了，可问题是，老板和同事难道不反对她的做法吗？

她笑了笑，说这些可能发生的矛盾她早就解决了。店长那边，她会说美甲店里顾客的收纳费用打八折，顾客本来就是要做美甲的，并不矛盾，正好就办了一张会员卡。她的做法直接给店里增加了收入，店长乐得如此。而且她推荐办会员还有抽成，正好抵上了收纳服务打折的费用。

至于同事那边，她确实费了些功夫。她刚开始做的时候，同事有点想拆穿的意思，她狠狠心，决定把自己拿到的返点再分三成给同事。这样一来，同事还会在客户提问时帮腔，一起促成收纳订单。

她这一番操作做完，本来有利益冲突的店长和同事都成了同盟。

一年下来，她推订单赚到的分成已经远远超过了做美甲的工资。手握着翻了几倍的钱，她开始想要辞职单干了。她和我说了这个想法，我劝她别这么做，并告诉她，**做生意要么有人要么有场地，当人还没有创造机会的能力时，场地就**

更为重要，这种不需要付费就能得到的广告位实在难得。她听过以后觉得确实是这样，一番思考下来，她从原来的店里辞职，改去了更高端的美甲店当美甲学徒，工资降了近三分之一。

我知道，她是选择更有效的场地，去赚更大的分成了。

7 全新的方向
——线上培训

自媒体的兴起不只为我带来了源源不断的客户，与此同时，也有数量众多的人萌生了想要和我一同从事收纳工作的想法。起初我并没有开展收纳培训的念头，然而，接到的收纳订单如同雪片般飞来，多到一度排队得等两个月，我身边只有三个同事，每人身兼数职。在这种情况下，我们着实迫切地需要更多人手。

于是，我精心制作并发布了一条招收学员的视频，同时在粉丝群里特意说明，如果有人想要学习收纳技术，可以来我这里学习，但是学成之后需要和我一起打拼事业。

当招募的信息发出去之后，响应者如云。可是，在与他们深入交流的过程中，我渐渐发现，其中有一部分人其实并没有真正打算和我一起长久地做收纳工作，他们只是想在我这里免费学习收纳技巧，等学成之后便打算自己单干。

为了防止这种情况的频繁出现，我不得不提出一个要求：想要学习收纳必须签署一份为期三年的合同，如果在这三年内半途而废，就需要赔付高达三十万元的违约金。如此巨额的违约金，确实把许多人都给吓退了，但仍然有一些人选择了加入我当时那个尚显稚嫩的团队。

招收的学员虽然来自五湖四海、各行各业，但都有一个共同的特点，那就是他们足够信任我，并且希望通过一门专业技术换取更好的生活。我不能辜负他们的期望。

然而，如何进行培训这个问题如同一团乱麻，在我脑海中纠缠不休。上海这座城市对学员们而言，或许只是地图上一个遥远的标识。倘若选择线下培训，那他们为了来到这里，势必要额外承担机票、车票、住宿等一系列费用，花销着实高昂，也极为不便。这让我不得不慎重考虑，线上培训或许才是更为合适的选择。

那时，身边有不少人都认为，像收纳这种实操性极强的技能，唯有通过线下培训的方式才能真正掌握。然而，我向来不是那种全然听从他人安排、墨守成规的人。

在深入了解线下培训后，我发现了许多让人深思的问题：很多线下的课程，培训周期动不动就是半个月。第一天，大家从四面八方赶来，聚集在一起，相互打个招呼、见见面，寒暄几句，半天的时间就这样悄然流逝了。

而到了最后一天，又得花上一整天的时间，让大家讲讲自己的心得或者感言。如果是正式教课的日子，通常上午是老师传授一些实操的技能，下午则是大家自行练习。可这练习的时间也是算在课时费用里的呀，学员们一样得为此交费。这样细细算来，半个月的时间里，有多少时间是被白白浪费掉的？又有多少是完全没有必要的？

而且，线下培训还有一个不容忽视的弊端，那就是知识点老师往往只讲一遍。如果在未来的日子里，学员忘记了某个部分，又不能像线上课程那样，随时随地找到相应的回放视频进行复习，那么一旦忘记了，就真的忘记了，仿佛是手中的沙子，从指缝间溜走，再也没有重来的机会。

线上培训却有着诸多不可忽视的优势。线上课程可以让人反复地学习，无论何时何地，学员只要想学，便能打开课程进行学习。这对于那些想要温故知新、查缺补漏的学员来说，无疑是极为便利的。而且，线上课程的信息密度比线下更高，在有限的时间里，学员能够获取更为丰富、集中的知识内容，无须花费大量时间在一些无关紧要的事情上。

综合比较下来，我越发坚信，线上培训是远远优于线下培训的。于是，我坚定地决定推出线上的课程。可事情的发展并没有想象中那么顺利，新的问题接踵而至。

起初，我计划在课程里只放置收纳的干货技巧。毕竟，在同一时期，国内已经有与我们相类似的课程，它们同样也是着重讲解收纳技巧。在竞争如此激烈的市场环境下，要想从众多同行中脱颖而出，就必须有与他们截然不同的亮点。而那些愿意来找我们学习收纳的人，归根结底，必然是希望通过这个技能来赚取收益的。拓展客户资源，毫无疑问是赚钱过程中必不可少的关键一环。所以，我不禁开始思考，能不能将讲解拓展客户资源的方法添加进课程里，使之成为我们与同行的显著差异，吸引更多学员的关注。

当这个想法在我脑海中浮现时，我又一次陷入了深深的迷茫之中。倘若我真的教会了学员如何去寻找客户，那么当他们学成之后，会不会对我自己的业务产生影响？后来，我又仔细琢磨了一下，情况或许并非我最初所预料的那般糟糕。这一点我能想到，同行想必也能想到。即便不是我来教这些学员拓展客户资源的方法，也会有别的人去教。既然如此，那为什么不能是我来传授呢？或许由我来教，凭借我的经验和方法，效果会更好一些。

再进一步想，中国市场之大，难以想象。我一个人能力有限，又能承接多少业务订单？总不能妄想一个人将天南海北的所有订单都收入囊中。把那些我力所不及的订单，交给从我这里学成的学员去处理，岂不是双赢吗？这样不仅能够帮助学员实现他们的目标，也能在一定程度上扩大我们的影响力，何乐而不为呢？

就这样，在经历了一系列的思考与挣扎后，我更加坚定了推出线上课程，并将拓展客户资源的方法融入其中的决心。

我的自媒体账号是 2021 年的 1 月火起来的，在同年 6 月，我们正式推出了线上收纳培训课程。课程的亮点即是可以反复观看、信息密度大，包含寻找客源方式。在购买课程后，学员有任何不懂的地方，也可以随时找老师沟通询问。

课程发布之后，反响也很不错。学员来自全国各地，也有许多来自小城市的人。在那时，收纳是一个比较新的行业，因此，招募到的也都是一群愿意去闯、愿意去拼的人。

8 抓住时代的风口——亲子收纳

2022 年的下半年，是一段极为特殊的时光。收纳行业就如同被卷入了一场巨大的风暴，开始大规模地进入团购这个全新的领域。团购一方面让收纳的门槛陡然降低，仿佛任何人都能轻易地踏入这个行业，另一方面也让价格大幅下降，看似变得亲民了许多。然而，如同硬币的两面，在这看似美好的表象背后，却隐藏着一个令人担忧的问题——交付成果的质量也在不知不觉中下降了。

原本收纳行业所遵循的发展方向，就像一条宽阔的大道，如今却渐渐陷入了瓶颈，前行的道路变得愈发狭窄和艰难。打价格战是存活下去的一种方式，但只能是寅吃卯粮，团队和个人的收益都变少了，今天可以维持下去，那明天又该怎么办？如果发展到了收益低得只能回本我们又该怎么办呢？难道也要降低服务质量吗？到了这时，寻找新的发展方向、开拓新业务成了燃眉之急，更是必须得解决的主要矛盾。

转机就这样出现了。那是一个再平常不过的夜晚，我像往常一样随意浏览着新闻，突然，我刷到了一条新闻：教育部明确要求全国各地的中小学生都要学会整理收纳的技能。

这项要求对于收纳行业来讲，无疑是一个拓展市场的绝佳机会。过去，每当人们提及收纳，第一时间联想到的往往是家政服务，脑海中浮现出的画面是烦琐的劳动，是需要消耗大量体力的工作。然而，如果这条新闻中的内容能够真正落实下来，连祖国的花朵——可爱的孩子们都要开始学习收纳了，全新的市场——亲子收纳授课市场当然要打开了。即使还没有实操，凭借经验，我也敢确认这个市场蕴含着巨大的潜力。

第二天，我便在直播间里进行了第一次市场调研。

我问来看直播的观众："假如你是一位宝妈，你的孩子马上就要上一年级了，正面临着整理书包这样看似简单却又让孩子们头疼不已的问题。而你又恰好知道了义务教育要求小朋友都要学会收纳。这时候，我这里正好有一门亲子收纳的沙龙课程，离你也不远，一个家长带一个小朋友一共需要 99 元。在这门课程上，我们会教小朋友如何整理书包，还有一些简单却实用的收纳技巧。同时，家长们还可以在这里交流互动，结交新朋友。你们愿不愿意去购买这样的课程？”

评论区里的观众们纷纷说“愿意”，这给了我极大的希望。那天我刚刚下播，微信里便收到一条来自成都的学员丽姐发来的私信。她说她也是一位宝妈，看到我的直播后，深受启发，决定尝试一下这个新的方向。她告诉我，她本身就加了很多讨论亲子类内容的群，群里多数成员都是年轻的母亲，这无疑给她带来了一个天然的优势。

丽姐特别兴奋地跟我说着她的计划：“纳爷，我觉得这是一个很好的机会。我打算先在群里免费给家长们讲一些收纳的基本知识，看看大家的反应。效果好的话，我再想办法进一步推广。”没过多久，她就真的开始行动了。最开始，她在群里分享一些简单的收纳小窍门，比如如何巧妙地利用空间整理孩子的玩具，怎样让孩子的书桌变得整洁有序等。她讲得非常细致，还配上了自己亲自示范的图片和小视频，让那些抽象的收纳知识变得生动有趣。

家长们对她的分享非常感兴趣，纷纷在群里给她点赞，还提出了各种各样的问题。这些正向的反馈给了她进一步行动的底气。于是，她又开始联络当地的社区，希望能在社区里举办一场免费的亲子收纳活动，让更多的家长和孩子受益。

社区的工作人员对丽姐的想法非常支持，很快就帮她安排好了场地和时间。她精心准备了活动的内容，从如何引导孩子养成收纳的习惯，到亲自带着孩子们一起动手整理玩具、书籍，每个环节都设计得充满趣味和教育意义。

活动当天阳光明媚，仿佛大自然也在为这场特别的活动欢呼。我当时正好要到成都办事，便毫不犹豫地决定去活动现场看一看。到了之后，我发现活动现场到处都摆放着孩子们的手工作品，还贴着收纳的贴示。场地布置也尽量偏向于儿童化风格，尽可能吸引小朋友们的兴趣。

活动包含的内容并不复杂，包括小朋友该怎样收拾书包，整理自己的小书桌时要注意什么，同时又设置了几个与收纳相关的小游戏。这些内容和孩子们的日常生活十分贴合，最重要的是，在有学龄儿童的家庭中，这些收纳任务每天如果不是孩子自己完成，就必然得依赖家长。即使不考虑收纳对孩子人格的影响，只是最现实的一层——孩子做了家长就轻松了，这一点已经足够吸引我们的目标客户群体。

一场活动下来，小朋友们在游戏中获得了快乐，同时学到了简单的收纳技巧。家长也在其中感受到收纳可能为孩子形成独立自主人格带来的变化，还在活动中交到了同频的朋友。

整场活动的效果出奇的好，社区的工作人员也对丽姐赞不绝口，纷纷表示，希望以后能多举办这样有意义的活动。活动结束后，家长们也都围住她，向她表示感谢，还询问她什么时候会有下一次活动。

丽姐这一次的成功更印证了亲子收纳教育的可行性，也证明了我的猜想是正确的，我为团队选择的这条路充满了希望。

成都一地的成功迅速在我的团队中传播开，其他地区的学员纷纷效仿，沿着这一方向发展，最终，我们真的在几个月之内就推出了亲子收纳的课程，并不断完善专门的教育体系。收纳行业，这个曾经被认为只是简单家政服务的领域，如今因为亲子收纳这个全新的方向，焕发出了前所未有的生机与活力。而我，也将继续在这个领域里探索前行，以期为更多的人带来更好的收纳理念和方法，让生活因为收纳而变得更加美好。

05

第五篇

日常**收纳的**
实用**逻辑和方法**

1 从收纳
到精简的人生

市面上越来越多的商品，被附加了许多实用价值之外的属性：精致的人生、奢华的体验、松弛感、小众、高级……以至于让人难以关注物品本来的使用价值，转而投向它背后代表的附加意义。于是，许多人开始停下来反思："买买买"真的能让人快乐吗？真的能让人像广告词里一样获得身份与地位吗？

渐渐地，人们开始意识到，对物质过度的追求带来的往往是焦虑和不安。一些年轻人开始尝试不被消费主义裹挟的生活方式——过精简的生活。

他们丢掉好看的时尚小废物，留下那些真正有用的物品，尝试用控制周边物品数量的方式控制自己的生活，进一步掌握自己的人生。这时，收纳变得更加有必要了。

收纳作为提高日常生活效率的手段，不仅仅是整理物品的过程，更是一种生活的态度和方式，其最终目的，是让人的生活空间变得舒适，并让人在生活中获得秩序感。

收纳这门学问的精髓之一，即践行“少即是多”的理念，通过合理的空间规划和物品管理，使空间的每一个角落都能发挥最大作用。

“断舍离”是收纳过程中必不可少的一种思维方式，更是收纳的核心理念之一。断舍离的概念出自日本作家山下英子的作品《断舍离》，意思是要将没有必要的物品全部断绝、舍弃，从而过上清爽、简单的生活。

对应到收纳工作里，需要辨别什么样的物品可以舍弃，什么样的物品需要保留。如最近一年内没有使用，而且未来也不会用的物品可以直接扔掉；过期了的东西没必要再保留；同样，已经损坏或是无法清理的物品也可以选择抛弃。

第一点是断。**断是明确自己需求的边界**，并正确地确立这个边界，以保证在生活的空间内，只留存真正需要的东西，不再被多余的物品束缚。扩大到精神层面上，即让人不被无用的人、事、物拉扯，干脆利落地保留自己的边界。

第二点是舍，即舍弃掉已经不再能真正发挥作用的物品。**舍相较于断需要付出更大的决心。**

比如一件过去很喜欢，但早就没法再穿的衣服，又或者是已经拥有更好的替代品的某物。它们的存在原本是有价值的，只是随着时间的流逝与个人生活状况的改变，它们不再能发挥作用，或是不再有发挥作用的机会。也许我们觉得未来某天它还能派上用场，但实际上，这样的机会极难出现。

到这个时候，就需要下定决心，干脆利落地舍弃闲置物品。

从物过渡到人，我们需要与当断不断的过去割舍，那些曾经在我们人生中发生过重大作用的人事物，当它们不再能帮助我们，而是成为困住我们的拖累时，就要明确地舍弃。

第三点是离，是在完成前两步之后达到的状态，**确保每一件物品都放在最合适的位置。**当我们拥有的物品的数量与种类都适中时，才是真正做到了让物品于人服务，而非人为物品服务。而当所有物品都被安置在最为恰当的位置时，你会觉得使用过程中的一切都那样自然，自然到就好像它们根本不存在一样。这也正是安置好自己与周围的一切之后人将会感受到的状态。

可收纳就意味着要完全和过去可有可无的物品断绝吗？

并非如此。收纳是为了过上精简、有效的生活，断舍离的核心不在于行动，而在于概念与目的。**舍弃的终点仍是保留，收纳要做的，便是通过筛选和整理的过程，保留真正有价值和意义的物品，不被物品束缚。**

收纳不是简单地叠衣服，而是通过合理的物品归类和存放，让人能快速找到自己需要的物品，减少时间和精力的浪费。

收纳理念可以在与马斯洛需要层次理论结合的基础上进行拓展，为人的自我实现做辅助。下面我来具体介绍一下自己的想法。

人最基础的是生理需求，这就好比人们要吃饱穿暖，只有确保了这些基本的生存条件，才能谈及其他。在服务行业中，针对这一层需求，我首先需要把我的本职工作——收纳服务做到极致，让顾客觉得他们所期望解决的问题能够被完美地解决。只有顾客最基础的需求得到了满足，他们才有可能去追求更高层次的需求体验。

再往**上一层，是安全需求。**满足这一层需求，需要有一份稳定的工作作为保障。这让我联想到在收纳服务中，除了基本的整理收纳，是否还能为客户提供安全感呢？比如，通过合理的空间规划和物品分类，让客户在日常生活中能够更加便捷地找到所需物品，从而减少因物品杂乱无章而带来的焦虑感。这种无形之中为客户营造的安全感，或许也能成为吸引他们的一个重要因素。

而第三层，是归属和爱的需求，也就是我们常说的社交需求。它意味着，人需要和他人建立联系，产生友谊，在人际交往中找到自己的归属感。这不禁让我思考，我的收纳服务能否在这一方面为客户带来附加值呢？或许，我可以尝试为客户设计一种更加具有社交属性的收纳方案。例如，在整理客户的衣物时，按照不同的场合和风格进行分类，并且为客户提供一些搭配建议。这样一来，客户在参加社交活动时，能够通过良好的精神面貌更加自信地展示自己，并且通过分享自己的穿搭心得，在朋友圈中获得更多的关注和赞美。

又或者，在整理客户的家居物品时，为他们规划出一个专门用于举办小型聚会的空间，让客户能够更加方便地邀请朋友来家中做客，增进彼此之间的感情。通过这些方式，让客户既能享受收纳服务，又能被满足社交需求，让他们觉得自己不仅拥有了一个整洁有序的空间，还能通过这个空间拓展自己的社交圈子，结交到更多志同道合的朋友。

第四层是尊重需求。在收纳服务中，如何体现对客户的尊重呢？我想，不仅仅是在服务过程中保持礼貌和专业，更重要的是要真正理解客户的需求和喜好，尊重他们的个性和生活方式。为此，要做到在与客户沟通的过程中，认真倾听他们的想法和意见，不将自己的观点强加给客户。并且，在整理收纳的过程中，也要注重保护客户的隐私，不随意翻动或评价客户的物品。通过这些细节，能够让客户感受到我对他们的尊重，从而提升客户对我的服务满意度。

根据马斯洛的需求层次理论，第五层是认知需求，这一层次需要满足人的求知心理。我意识到，在为客户提供收纳服务的过程中，我不仅仅可以完成整理物品的工作，还可以向客户传授一些收纳技巧和生活小常识。例如，如何合理利用空间进行收纳，如何保养不同材质的物品，如何通过色彩搭配和物品摆放提升家居的整体美感，等等。这些知识不仅能够帮助客户更好地维持整理后的状态，还能让客户在学习的过程中获得一种满足感，满足他们对知识的渴望和追求。

接着是第六层审美需求。审美是一种非常主观的感受，但每个人都希望自己生活在一个美好的环境中。在收纳服务中，我可以更加注重细节和整体的协调性。从选择收纳工具的材质、颜色和款式，到摆放物品的角度和位置，都要考虑到与客户家居风格的融合，以及整体美感的呈现。精心的设计和布置，不但能让客户的生活空间整洁有序，还充满艺术感和品位。客户回到家中，看到经过我整理后的房间，能够感受到一种美的享受，从而满足他们内心深处对审美的需求。

第七层是自我实现的需要。对客户而言，整洁有序、舒适美观的生活空间，或许能够为他们提供一个实现自我价值的平台。例如，干净整洁的书房能够激发客户的创作灵感，让他们更加专注于自己的工作和学习；温馨有序的卧室能够让客户在忙碌了一天之后，得到充分的放松和休息，从而以更好的状态迎接新的挑战。通过我的收纳服务，可以帮助客户打造出一个有利于他们实现自我价值的环境，让他们在这个空间里能够充分发挥自己的潜力，追求自己的梦想。

最后是第八层超越需要。这是一种更高层次的精神追求，对大多数人来说可能比较难以理解和实现。但在我的收纳服务中，我也在努力思考如何能够让客户在这个过程中感受到一种超越物质层面的满足。我的服务或许能够让客户在整理物品的过程中，重新审视自己的生活，发现生活中的美好和意义，从而对人生有更深层次的思考和感悟。这种精神层面的触动和启发，或许能够让客户在某种程度上实现超越自我的需求。

2 精简生活 十买十不买

日常生活中，我们时不时就会买些东西回家。有时真的是生活所需，有时则是被社交媒体上精美的种草帖、实体店货架上琳琅满目的商品所吸引。

冲动消费买回来的不实用物件，难免会给未来的生活增添烦恼。那么如何在一众物品当中找到自己真正需要并且好用的东西呢？这里有十买十不买原则，既针对收纳工具，也适用于日用品。

首先是**十买原则**，其中，以收纳工具为主。

一、空间利用维度

纵向空间的利用是收纳当中的精髓部分，与之相对应的是横向的平面空间的利用。在横向的空间中，每增加一个物品，人的活动范围就会相应地缩小。而对于一平方米的区域而言，在纵向维度上多增加几个收纳工具，可以得到成倍扩大的有效收纳面积。这样，能够做到在增加储存区域的同时，也不占用地面空间。

可以用到的收纳工具包括挂钩、壁挂式收纳架、多层的收纳筐等，其中挂钩可以和洞洞板相结合，使墙面空间得到充分的利用。

二、可调节性维度

日常生活中的物品并不总是一成不变的，同样是衣柜，同样是折叠收纳的方式，秋冬季节的服装更厚，夏季服装较薄，在收纳时便需要不同大小的空间。

因此，选用可以调节尺寸的收纳工具十分重要。它们能够随时而动，最大限度地根据人的生活习惯和需求做出相应的改变。

可以用到的收纳工具包含调节隔板，尤其适用于衣柜和橱柜。

三、可移动性维度

与可调节类的收纳工具相似，可移动性也是收纳工作中一个十分重要的维度。人的生活习惯并不完全固定，有时也会发生变化。当人有了新的物品，如添置了一些厨具，烹饪区便需要有更大的收纳空间。又或者是朋友临时来家中居住，朋友的卧室便需要收纳工具来存放临时物品。可移动的、带滑轮的收纳架可以很好地解决这个问题，它便于移动，既可以用来临时存放物品，也可以做展示架使用。

四、分类存储维度

家中杂物的种类多、数量多，为了便于寻找和存放，我们通常会分类收纳。这时，半透明的塑料收纳盒是极佳的。半透明的材质便于查看内部物品，还会让后续的收纳和使用更加便捷。

五、标签管理维度

标签机是收纳盒的好搭档，它可以人工定义输出标签的内容，按需打印，进一步保证了收纳的有序性。

六、季节性存储维度

季节变化是影响分类收纳的一个很重要的因素。冬夏的服装、被子等厚度不同，需要按季节交替使用。如果全部收纳在柜子中，会占用常用空间，对于空间本就有限的家庭来说并不合适。此时可以选择床下储物箱，有效利用床下空间，保持房间整洁。

七、便捷性维度

添加收纳工具时也应该从便捷的角度考虑，如果过度购买收纳盒，反而会使收纳工作滑入形式主义的泥沼。同样是要收纳帽子、围巾等日常用品，相较于专门的衣架等，可以选用门背挂钩，充分利用门背空间。

八、电线管理维度

有些房子在装修时设计不合理，插孔预留过少，为了用电方便，人们只能额外添加插排。生活中要用到电线、数据线的物品很多，使用时难免出现电线杂乱的现象。这时，可以使用电线管理工具整理电线和数据线，再使用标签机标注每根线的用途，避免杂乱无章，又或者是找不到。

九、环保维度

在日常生活当中，可以放弃一次性塑料袋，用可降解的环保购物袋替换。环保购物袋也可以另做收纳袋使用。

十、多功能性维度

多功能收纳工具具备多重功能，如包含收纳功能的床头柜和小桌子等。这类工具既提供了收纳的空间，也包含了日常使用的常规功能，是真正的“一物多用”。

接下来是**十不买原则**，主要考虑与日常生活最息息相关的十个维度。

一、实用性维度

不买使用频率低的小家电或工具。如我们在社交媒体上看到专业烘焙设备的种草帖，于是对相关的家电跃跃欲试，但实际上，我们并没有烘焙的爱好和习惯，只是一时兴起而已。这类确定不会经常使用的小家电都可以避免购买。

二、空间维度

大型家具及装饰品会占用过多的空间，而且不易进行整体协调与搭配，如选择不当，反而会使得家中环境看起来更加繁杂无序。如沙发、挂画、瓷器等。

三、时间维度

部分物品需要大量的时间维护或者是打理，如盆栽、地毯等。在购买之前，最好考虑清楚是否有足够的时间和精力来打理它们，确认可以后再购买。

四、质量维度

物品的价格与质量息息相关。质量差的产品损坏也更快，因为损耗重新购买，可能比一步到位要花费更多。所以应该避免购买虽然便宜，但易损毁的物品，选择可使用年限更长的物品。

五、经济维度

超出预算的奢侈品或非必需品没有必要购买。

六、情感维度

情绪低落时可能转而通过物欲寻求满足，应尽量在情绪低落时避免购物，以免购买不需要的物品。过度亢奋，或是新接收到某些推送信息时，也是冲动购物的高发时间，需要避免。

七、心理维度

有些时候，我们希望拥有些物品，是源于社会的压力或他人的期望。物品在此刻被额外附加了社交功能，但可能在实际生活中，这些东西并不是我们所需要的。如果条件允许，可以大胆地拒绝。

八、信息维度

人们可以通过各种方式获取信息，纸质书籍便是其中之一。现如今，信息的获取方式是多样的，有时不必执着于实体书籍，可以根据个人的喜好和阅读难度等选择电子书阅读，以节约家中的空间。

九、环保维度

一次性物品，如塑料袋、餐具等不环保，大量囤积还会占用家中空间。可以选择可重复使用的便利袋、餐具等，减少环境的负担。

十、健康维度

高热量的食品和饮料会给身体造成负担，最好避免购买过多的糖果、薯片等高糖、高脂肪的零食，应该选择对身体健康有益的水果等。

3 收纳的本质

很多对收纳不了解的人会下意识觉得收纳只是叠叠衣服、把东西都放进柜子里。实际上，收纳整理是一个整体概念，分为“收纳”和“整理”两个模块，叠衣服只是其中很小的一个部分。整理就是以断舍离的思维方式对物品进行取舍，收纳则是对空间的规划，需要将经过取舍后留下来的物品进行分类、定位、摆放，以达到让人使用起来最为便捷的状态。

由此可见，收纳工作并不仅是对物品的简单整理，更是对生活空间的重新规划，更进一步来讲，则是为客户构建一个高度契合的生活环境，让物品真正做到为人服务，而非人去迁就物品。可以说，收纳能为高质量的生活打下坚实的基础。因此，即便不从事具体的收纳工作，在日常生活中掌握一些整理收纳的思维方式、技巧，对每个人来说都是十分有用的。

家作为人几乎每日都要回归的地方，同时承担了休息、生活、娱乐的功能。我们需要在家中恢复工作消耗的能量，在家中找到日常琐碎生活中的乐趣，也需要在家中拓展我们的兴趣与爱好。

家更是个人精神状态、审美品位的体现。通常去一个人的家里，就能看出这个人大致是什么性格及其待人接物的方法。如家中物品摆放得较为随意，不追求整体上的整洁，仅仅满足于能找到物品的人较为随性；追求每一处都要清洁、有秩序的人，做事也更为一丝不苟，有完美主义的倾向。

家居环境往往与人的精神世界相互影响，因此，当人需要通过改变家中的布局来满足自己精神与生活上的需求、又不知道自己该怎么处理时，便会请收纳师来完成。也有时，是人想让自己的精神发生改变，让家中的环境更加舒适，便会请来收纳师，将空间改造成自己希望的那样，再通过外部环境促进自身精神状态的转变。

没有经过规划与整理，就盲目改变家中原有布局，也许会导致家中出现各功能区混乱的问题，最终影响到人的做事效率。如在卧室摆放书桌，明明想学习一会儿的，结果学着学着就躺到了床上玩起手机；明明买了健身器材想要认真锻炼的，可是旁边还摆着游戏机，注意力总是被转移走。

接下来给大家看一个更加具体的例子。某个打工族自己租住的单身公寓，有一厨一室一厅。屋主习惯早上起床后先喝一杯水，但饮水机按照功能摆在厨房，为了喝水屋主需要走到厨房。洗漱完毕后，屋主开始做护肤工作，化妆桌在客厅的一角，全身镜也在差不多的位置。化妆结束后需要换衣服，可是衣服都放在卧室的衣柜里，屋主需要先走进卧室换衣服，再回到客厅的全身镜旁照镜子，整理自己的仪容。

也就是说，仅是早上出门这件事，屋主就不得不在整个房子中翻来覆去转上好几圈，无形中浪费了许多时间，这就是物品在消耗人，而非是物品完全为人服务的表现了。

所以说，收纳不只是把东西整理干净而已，也不只是为了美观，更是为了让生活在房子里的人过得舒服、自在，是把复杂的东西还原为最简单的状态，让人成为家的中心，一切物品的摆放都能够“随心所欲”，不费力气和时间就能够取用。它需要我们有空间规划的思维，懂得按照屋主的诉求，创造一个最适合屋主个人的空间。

4 收纳的总原则

收纳工作可以与马斯洛需求层次理论相结合，来为客户带来更高的价值。

人天然拥有满足生理需求和安全需求的本能，所以，居住的环境必然要能够满足人生存的最基础条件。所以，它首先应当是安全且有序的。居住在这样的环境中，我们可以轻松便利地找到自己需要的物品，也能满足自己日常生活的需求。

根据生活习惯确定物品摆放位置一共有五个原则。

首先为给物品定量，我们需要确定同类物品的数量，以及它们需要占用多大的储存空间。在这之后，根据物品的使用频率来决定什么物品摆放在什么位置。高度距离地面 0.8 米至 1.2 米之间是黄金位置，是人不需要弯腰和过度抬臂就能轻松够到的区域，因此，常用物品更适合放在这个高度上，不常用的物品则需要根据已有的空间，安排在更高或更低的位置。

举一个简单的例子，假如某位教授常年需要翻阅他的专业书籍做学术研究，那么和他的研究领域相关性最高的书籍，可以放在他离书桌最近、最容易拿到的位置上。而只是偶尔作为参考，或者说是买来收藏的书籍，则可以放在离书桌较远，或是书架最高、最低的位置上。

动线原则也十分重要。就如上文中说到的独居上班族，可以调整饮水机、梳妆镜、穿衣镜在房间中的位置，尽可能缩短行动过程中的路程，让出门流程变得便捷、快速。

第三个原则为分组原则，这一点只从名字上就能看出该怎么做。如夏季的衣服放在一起，冬季保暖的衣服放在一起，风格相近、材质相近的衣服放在一起。在确定好物品大致需要安置在什么区域后，最后再进行一对一的定位。收纳完成后，可以绘制出专属的物品地图，方便快速找到自己需要的东西。

能够做到这几步，就算是利用收纳满足了生存的基础需求。已经可以让人在所处的环境中舒适地居住。

而当生存的基础需求得到满足后，人会自然而然地开始**追求爱与归属，以及尊严**。因此，收纳就不再单单是整理好

物品了，更要做得有美感，符合屋主的身份，贴合屋主的品位。如茶、酒、书籍、包、咖啡杯、文玩，这些都是能够彰显客户品位的物品，不仅具备实用性，还拥有着观赏性。因此，在懂得空间规划的基础上，**更需要有自己的审美能力。**

在基础的生存和心理需求都得到满足后，人会开始**追求自我实现**。表现在生活当中，即人会自发地完善已开发出的能力，或是可以开发的潜能。到这时，学习成了生活当中必不可少的一部分，空间的组织与规划上，也要相应地为此做出改变。

因此，个人的兴趣、生活方式和长期目标，都会在家中有所体现。为了自我实现而产生的空间，如书房、琴房、健身房等不仅是功能性的，更是十分个性化的。这样个性化的空间也能进一步激发出人的创造力，促进自我成长。功能性更强的分区方式，也能保证我们在学习、工作时不被其他家庭成员的行动干扰，进而更加专注地达成自己的目的。

以上是专业收纳师和非专业人士在做收纳整理时都需要注意的原则。

在极端的情况下，经过了精心规划与组织的环境能够对人的心理状态产生极为深远的影响。如原本的家庭环境是客户多年来恶性生活习惯积累而成的，继续在其中生活，只会形成恶性循环。收纳师的整理收纳，不只是对环境的改变，更是通过环境影响到了客户的生活方式，将客户带入一个可以产生良性循环的环境当中。

整理收纳在清理杂物、整理物品、空间扩容的同时，更能提高生活质量，为实现个人潜能打下了基础。在物理空间的层面上，创造秩序只是整理收纳最基础的一个层次，空间上的舒适能够推动人在心理与情感层面上的满足，也就给了人更多的追求美好生活的力量。

这种从客观到主观上的转变，与马斯洛需求层次理论中从基本需求到自我超越的过程相符，是一条给收纳师提供的打怪升级、攻克难关的路。这极其考验收纳师的专业水平。

除此之外，“人”在收纳过程中也是一个十分重要的因素。不同年龄段的人会有不同的生活习惯：

例如，小孩子不会有太多的空间意识，如果不刻意引导，

马斯洛需求层次理论

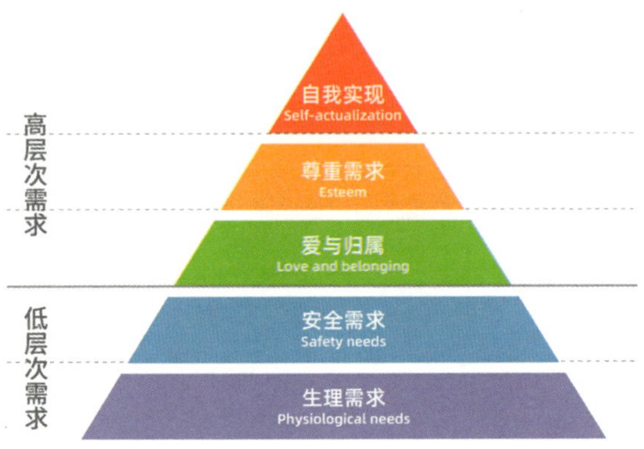

往往是怎么方便怎么来，人走到哪儿，东西就丢到哪儿。

学生需要翻阅大量的书本资料，会更希望常用物品都集中在手边，以便快速取用。

已经要独立生活的成年人会涉及更多收纳分区的需求。收，就是为了用。日用品、多季节衣物、工具、办公用品等都需要分门别类收纳，这时，则需要设计好不同的分区，来适应人对于物品功能的需求。有时观赏性也是收纳中很重要的一部分。

对老年人来讲，安全与便捷是家中物品收纳的重中之重。

当不同的人群共同生活时，人与人之间的习惯难免会有冲突，尤其是对空间有限的家庭而言，如何在有限的空间内满足每个家庭成员的要求，就成了收纳中的一门学问。

5 收纳师的工作步骤

收纳师工作需要经过**沟通、预采、定方案、服务、回访**五个环节，在每一环节中，我们都要完成特定的目标，为下一个环节做好准备。

在沟通的过程中，我们需要了解客户的基础信息，如客户主要想解决什么问题，在什么时间有空接受服务。

至关重要的是第二步——上门预采。在这一环节，我们需要详细了解客户的很多信息，例如他们习惯的空间使用方式、日常生活中的习惯、行动路线、个人爱好、收纳禁忌，以及急需解决的问题等。

了解客户的需求之后，我们开始制定方案。需要对准备收纳区域中的物品做出量上的估算，也要整理好可用空间的信息。例如，客户各季节的衣服分别有多少件，哪些是过季的衣服需要折叠收纳，哪些是应季的衣服需要悬挂收纳，前者需要多少个收纳盒，后者需要多少个衣架；需要使用收纳盒时，客户可用的空间有多大，选用的盒子尺寸要控制在什么范围之内。确定好上述内容后，我们就可以估算出大致需要几个小时才能完成工作。工时的费用与收纳工具的费用的总和，即此次收纳服务的费用。

具体上门预采的过程按下不表。离开客户家以后，我们需要做出收纳整理的方案来。这一部分要完美地解决客户的问题，计划好上门收纳时每一种物品分别放置在哪一处位置上。随后，收纳师要将规划出的收纳方案报给客户，客户确认无误后，才可以进行上门收纳。

收纳的过程离不开客户的配合，收纳师需要和客户讲清断舍离的思维，并保证筛选物品时有客户在场。全部收纳完成后由客户进行验收，验收完毕付尾款。线下收纳全部完成后，需要在三天内整理出物品地图发给客户，便于客户寻找物品。这一系列的工作全部结束一周到半个月内，收纳师需要对客户进行线上回访，询问是否需要重新上门调整，以及收纳后的房间居住起来是否合适。

以上就是收纳的全部流程了。

6 日常实用家庭收纳步骤

收纳师在收纳时，通常会将全部物品取出摆放，再进行重新分类。但在日常生活中，我们完全没有必要这样“大动干戈”。全部搬出来再搬回去，需要耗费大量的时间和精力。所以，对于非专业人士，收纳的重点在于厘清自己的需求，并在具体的需求上进行调整。

这里给出一些适用于普通人的收纳建议和步骤。

还没装修的新房可操作空间是最大的。不论是硬装还是软装，都需要提前确认好区域的功能，尤其是未来的行动路线，再根据两点的结合进行区域规划和装修。

大部分人面对已经住过很久的房子的收纳问题会表现得很迷茫，因为其中的布局已经带上了很多个人痕迹和色彩。此处也以对这一类房屋收纳的建议为主。

首先是最为重要的动线原则。我们需要回想自己全天从起床到入睡要做的所有事情的行动路线。在过去的生活中，对于一整天的动线，我们有没有过觉得不方便、不舒适的时候。如明明是功能相关联的日常物品却分散在几个房间，需要拉长动线使用；又或者是常用物品收纳在不常用的房间中，每次拿取都需要走一段路。

针对这类问题，我们可以调整家中的布局，把常用的、功能相关的家具、日用品等搬到相近的位置，缩短每日的行动路线。动线原则也可以反过来使用，比如，我们想要多喝水、多站起来走动走动，就可以将饮水机调整到较远的位置，杯子也换成容量较小的。

其次是分类原则，对应的问题是找不到东西。每个人的家里都会有那么一两个地方用来收纳全部的散碎物品，可能是抽屉，可能是箱子，不管买了什么，只要大小差不多的，就一股脑地塞进去，到了用的时候只能硬翻。但因为东西太多，还是很难找到。

这时，就可以把所有的物品都移出来，重新进行整理分类。分类完成后，将同类的物品收纳在一起，用分隔板或者是小型的收纳盒区分开。要是使用后者，也可以用便签辅助，标记好盒子里的物品，便于后续的查找，也有利于未来的收纳。

对服装、藏品的整理收纳也是一样的道理，就不再赘述了。

最后一点与家中物品的数量息息相关。如果物品并不算多，可以忽略这点。相反，如果物品过多，则有必要进行定量，而且需要在定量的过程中确认每一种类的量。

定量的过程，也是一个重新审视自己的过程：已购买的物品中是否有过期的；同一类物品中，常用的、开封后用过几次后就遗忘的、全新的各自占比多少；那些已被事实证明没必要的物品，当初为什么会买回来……

以上问题反映着人的消费习惯，需要通过改变习惯才能根治。如果物品实在过多，可以充分利用纵向空间进行收纳。比如，加设壁挂式收纳架、多层的收纳框等。

06

第六篇

收纳**实操案例**

1 玩具整理：培养孩子的收纳意识

成年人会有意识地在家中根据不同功能划分出不同的区域，身处正确的功能区，能够让人更快地进入相应的状态，获得更高的效率。但孩子的分区概念还没有形成，这很容易让不同的家庭成员的生活区域相互影响、相互打扰：例如，妈妈在睡觉，孩子在旁边玩耍，孩子发出的噪声就会影响妈妈的休息；孩子在阳台看书，爸爸在客厅里打游戏，孩子会不自觉地被游戏的声音所吸引。

所以说，**培养孩子的区域观念是很重要的事**，同时，为特定的行为划分出特定的区域，也是创造舒适的居住环境中至关重要的一环。

本次选取的例子，正是为了解决这类问题。

这一次收纳整理的客户是一个三口之家，有男女主人，以及一个正在读幼儿园的小朋友，居住在宽敞的高端小区中。从客户发来的照片中我们可以看到，家里的物品杂乱无章，不只是孩子，就连成人的生活分区都是不恰当的。

孩子并没有将玩过的东西收纳起来的习惯和概念，常常是用完就丢在原处。而爸爸妈妈工作也忙，有时候来不及收拾，或是没精力再把它们放回原位，最终导致玩具几乎遍布家里的每个角落，甚至还出现了玩具占用公共区域挡路的情况。偶尔孩子在家跑得太快没看路，还会被自己的玩具绊倒。

所以，客户除了要求收纳师将他们家中散乱的物品找到合适的位置，建立恰当的分区之外，更希望我们能够解决小朋友乱丢玩具的坏习惯。如果能培养出小朋友的秩序感和收纳思维，让他能够在游戏过后自觉地整理好玩具就更好了。

相信刚刚提到的几点是有孩子的家庭都避不开的问题，在解决大人的需求之外，更为重要的是为儿童树立收纳整理的观念，让孩子有“用后归位”的自主意识。

要想达到这样的效果，我们可以通过以下两种方式：

1. 尊重孩子的个体性，单独为孩子划分出一个区域，只存放孩子的玩具。

2. 保证作为全家共用的公共空间的客厅不与孩子的游戏空间重合。

也就是说，我们需要在家中专门为孩子设置一个只属于他的区域。在选择的过程中，应注意以下几点：

1. 孩子玩耍过程可能会有噪声，为动区，应与家庭中的静区做分离。

2. 为孩子寻找专属领地时，需要考虑到儿童的身高问题。空余的收纳空间应适合儿童，以便让孩子建立收纳意识，而不是选择适合成年人的高度，便于家长帮助孩子收纳。

我们仔细地观察了客户家的几个房间，除了客厅和阳台，其他区域分别承担着休息和工作的功能，都是需要保持安静的，所以，阳台就成了唯一的选择。

恰好阳台有一个悬空的储藏柜，储藏柜下面仍有很大的空间。这个高度对成年人来说需要弯腰或是蹲下才能够到，但刚好够还在读幼儿园的小朋友使用。我们在这里新增了三个层板，用来收纳乐高一类的玩具。

在将孩子的玩具都收纳在阳台的同时，我们又在储藏柜旁边铺了垫子。这里可以晒到太阳，有利于孩子的生长发育。这样一来，孩子的游戏区成功地与家长的生活区分开，就可以减少玩具分散在房间各处，影响行动路径的情况出现了。

同时，孩子的游戏区紧挨着玩具的收纳储藏柜，孩子可以在玩过之后，顺手将玩具收拾好。这样既能培养孩子用过即收的规则秩序感和收纳意识，又保证了家庭环境的整洁。

本次收纳，我们一共花费十八个小时进行了全屋整理。收纳过后，客户一直感叹家中从来没有这样整洁过，孩子有了自己专属的游戏区更是特别开心。我们又额外赠送了客户一个小时，专门教小朋友如何叠衣服、叠袜子，怎么收拾书包，培养他的收纳意识。

在回访时，我们了解到，孩子已经开始有意识地在自己专属的区域玩耍，而不是像过去那样，走到哪儿玩到哪儿。游戏结束时，孩子也会自觉地将玩具整理回橱柜当中，保持自己专属领地的整洁有序。

所以说，这一次的收纳服务不仅仅解决了客户物理空间上物品杂乱的难题，更为孩子创造了一个有序的成长环境。可见，收纳师专业规划的能力，再加上对客户需求的深入理解，两者的巧妙结合让整个家庭的生活质量都得到了显著提升，家庭成员的互动也因此更加和谐，孩子的生活习惯和性格也发生了巨大的变化。

2 以形养性：环境对儿童行为的影响

环境可以对人产生极大的影响，就好像图书馆和自习室里的学习氛围就是比家里更浓一些，瑜伽馆和健身房打造的集体环境更有益于人长期坚持。

对儿童而言，设置好科学、有效的环境，同时建立收纳的思维，能够有效促进儿童综合素质的正向发展。

如三岁到六岁期间，正是培养幼儿基本生活技能和社交能力的阶段。我们可以在收纳中加入互动类型的小游戏和儿童教育元素，组成有趣的收纳活动。举个简单的例子，在孩子有多种类、多颜色的玩具时，家长可以有意识地引导他们用种类或颜色做分类方式，将玩具收回到不同的收纳箱中。这样既可以锻炼孩子的逻辑思维，又可以在沟通中提升孩子的语言能力和社交技巧。

六至九岁孩子的大脑经过了进一步的发育，已经有了空间上的意识，在此阶段为孩子制订空间整理计划，让他们自己管理自己的物品，是一个不错的选择。这既提升了孩子的自我管理意识，也培养了他们独立思考和解决问题的能力。

对于九至十二岁的孩子，家长完全可以让渡一部分权力，例如，让孩子和家长共同整理全家的共用空间，或者是给孩子自己设计、调整私人空间的机会。多人合作的过程，能够培养孩子的团队协作能力和领导才能，更有助于孩子与家庭成员之外的人相处。

下面这个案例是一个用收纳调整空间环境，再以空间环境影响儿童行为的例子。

有位客户找到我们，说她明明给孩子单独设计了一个特别大的地下室做游戏区，可是孩子不喜欢在那儿玩，非要在楼上和她黏在一起。这影响了客户的工作，所以她来找我们帮忙，看看能不能想办法让孩子自觉、主动地去玩具区玩。

明明孩子的玩具大部分都放到了地下室，他为什么不喜欢在那儿玩呢？为了搞清楚这一点，预采时，我们观察了很多细节。

客户家是一栋联排别墅，地下室的空间确实很大，但也恰恰是因为空间大，客户又在这里堆了许多的杂物。也就是说，整个地下室里，杂物占据了一个墙面，摆放得比较随意，而孩子的玩具和杂物没有分区，摆放得十分随意。两者混在一起，给孩子一种玩具也是杂物的感觉，所以不会有想去玩耍的念头。

想要解决这个问题并不难。空间上的混乱导致了孩子对区域功能判断的误差，既然要让孩子知道这里是用来玩的，打造出一个游乐园的样子，又让孩子觉得温馨不就可以了吗？所以，我们计划中的第一步，就是将杂物与玩具进行区分，使二者之间有清晰的界限。

我们找来客户家里多余的货架，将随意堆放的饮料、日用品分类搬进仓库整理好，整个地下室只剩下孩子的玩具，可以全部划为孩子的游戏区。

地下室里的玩具种类非常丰富，我们按照玩耍时动作幅度大小做了区分。一侧是动区，包含海洋球、蹦床和玩具车，另一侧为需要搭建、拼装类的积木。

我们观察到孩子很喜欢玩蹦床，于是将蹦床调整到房间最里面。这样既延长了孩子的行动路线，增加了他的运动量，又能强行让更多种类的玩具进入孩子的视野，为他做出更多选择创造更充分的条件。

地下室中的玩具车特别多，从只能原地使用的摇摇车，到遥控汽车，再到儿童电动车应有尽有。于是，我们单独在动区与静区之间划分出部分专门用来放置玩具车的空间。

孩子不同于成年人，要让孩子理解空间上的区别，需要有最直观的视觉变化。正好地下室铺满了爬行垫，我们将垫子拆下来重新按照颜色组装，在不同颜色的地垫之间拉出一条警戒线来。颜色的分区恰好是功能的分区，这样更利于孩子对空间的理解。

对那些可以移动的玩具车，过去孩子常常是开到哪儿算哪儿，并没有归位概念。我们采用了同样的方式培养孩子的归位意识，如绿色的玩具车对应放到绿色的地垫上。这样鲜艳的颜色和协调的搭配对孩子有着天然的吸引力。

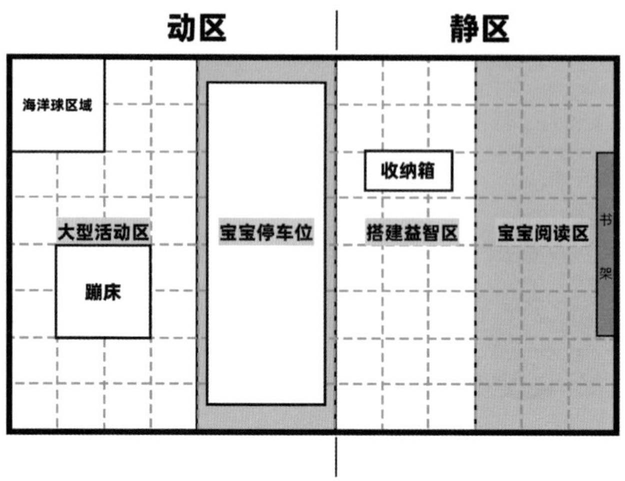

收纳时，客户临时想到，过去孩子的书桌和电视在一个房间，常常是她安排好孩子看书，可没过一会儿，孩子就会跑过来跟家长一起看电视。现在地下室刚好没有视频播放设备，可以在地下室光线比较好的地方新增一个阅读区域，培养孩子的专注力。

我们跟随客户来到孩子原本的阅读区，很容易就找到了孩子没法静下心来读书的原因。孩子的书桌被安排在房间的角落里，正对着窗子，虽然妈妈就坐在孩子身后的沙发上，但看不见妈妈极易造成幼儿心理上的焦虑与恐惧。另一个原因正如客户说的那样，即便孩子静下心来看书，她也很难做到完全安静下来陪着孩子，总是想要玩会儿手机或是看看电视。电子设备发出的声音迅速分散了孩子的注意力。

将书桌搬到地下室游戏区并不现实，孩子本就不爱看书，现在还有喜欢的玩具在一旁摆放着，这样做只会变本加厉地分散孩子对书籍的注意力。于是我们提议，将楼上孩子的书桌旋转九十度，在保证光照充足、对眼睛有益的前提下，也能让孩子看到妈妈。妈妈也要尽力找些书来看，减少使用电子设备的频率，给孩子创造出适合读书的氛围。同时，在书桌下添加一块小地毯，让孩子知道这个位置是专门用来看书的。

客户听了我们规划空间的理由，对这样的安排非常满意。而最终实践证明，我们的安排确实对孩子的行为产生了正向的影响。

3 生活空间的蜕变：出租房全屋收纳案例

家是一个多功能的空间，对一个已经有房子定居的人来说，可以追求更繁杂的装饰、更丰富的收藏，在保证实用性的同时做到美观。但对还没能定居、需要租房子住的人来说，住得舒适、方便才是第一重要的。

租房居住存在很大的不稳定性，工作的变动、房东的想法等因素都会影响租客能否长期住下去。所以，对这一类人而言，过度装饰房间，或是添置太多物品都是没必要的，一来，很多东西换了房子之后没办法带走造成浪费，二来，增加搬家时的负担，搬家前后的整理也会耗费更多的时间。

为租房住的客户做收纳时，应尽可能减少对家具的改造，收纳工具能少则少，并充分利用房间里已有的收纳工具，如柜子、书桌、置物架等。

这个例子要讲到的是一位与人合租的客户，全屋一共九十平方米，两室一厅，二人合租。客户只需要收纳公用区域和他自己的卧室，并且以卧室为主。

客户是线上办公，原本只需要承担休息功能的卧室现在又是办公的地点，他在家里的时间大大增长，住的时间越久，就越是觉得房间乱得看不下去。再加上这份工作偶尔要开线上的会议，甲方有要求开摄像头的习惯，他的家里乱到找不到干净的角落，每次开会，只能坐在床上，背对着墙，总是感到很局促和尴尬。

他想尝试自己整理一下，又觉得空间实在有限，就算想收拾也无从下手。为了不被杂乱的房间影响心情，再进一步影响生活和工作，他选择了请收纳师来做收纳调整。

预采阶段，我们需要通过房间现有的情况推断出客户的生活习惯，再根据习惯来设计空间规划图。

这位客户的问题是很典型的。

第一，虽然空间有限，但他依旧单独分出了次净衣区，把穿过的衣服和完全干净的衣服分开。由于租房的居住空间有限，他只能把次净衣堆在椅子上。可他工作的时候又必须坐在椅子上，他只能把衣服搬来搬去。工作时，把衣服搬到床上，要到床上休息的时候，再搬回到椅子上。次净衣占用了工作、休息的用具，很不方便。

第二，我们发现客户的衣柜设计不合理。衣柜一共两个，都做了上下分层，但是仅有一个区域有衣杆，可以悬挂衣服，但又因为上下分层，只能悬挂较短的衣物，过长的大衣、外套等都只能折叠起来。

衣柜的中间还有一个抽屉，客户只在里面放了几条腰带，没有框架的固定，使得腰带散乱地盘在抽屉中间，既浪费了空间，又不美观。另外两层则是衣物的简单堆叠。客户的衣服颜色相差不多，叠起来放在一起后，根本看不出每件的区别，要穿的时候，只能一件件地翻，到最后这两层直接变成了一个衣服堆。

这个问题可以归类为直接购买到的收纳工具不合理上。我们直接买回家的衣柜、置物架等，生产商不会做过多功能上的细分，大部分只是简单划分好几个区。但是顾客买了它们回来，每个人的需求各不相同，如果不加以改造直接使用，会存在很大的空间分配不合理的问题。

我们采取了以下方式加以解决：

为了解决衣物收纳混乱的问题，我们做出两个改变：首先，我们使用了一根伸缩衣杆，在衣柜中增加了一个挂衣区，可以将衣服悬挂起来，有效地利用了纵向的空间，既好找、便于整理和取用，又解决了叠在一起杂乱的问题；其次，我们又新增了一个小型衣架，就放在衣柜旁原本放椅子的位置，这个衣架专门用来悬挂次净衣，符合客户的生活习惯。

卧室里的杂物同样不少，客户从来都是随手摆放，导致床头的两个柜子和飘窗都成了随手放置杂物的地方，摆得满满当当。

飘窗底下有个小型储物柜，客户完全忘了还有这个东西。我们按照客户家中杂物的数量，计算出需要两个收纳盒，又在收纳完成后，将收纳盒放进飘窗下的柜子里。大幅提升了空间的利用率。

卧室整理完之后，就轮到公共区域了。房子是二人合租，所以公共区域里有很多别人的物品，收纳时，应尽力避免调整客户室友的生活用品，不能过度占用公共空间，收纳工具添置得越少越好。

由于客户不常做饭，所以厨房并不需要做出太多的改动，只需要把物品分类收纳进橱柜里，保持规整即可。

客厅部分要多花一些心思。客厅和阳台相连，整个空间都没有太多的柜子、抽屉，物品只能找角落堆放。客户养了两只猫，大部分的宠物用品都堆在了阳台里和桌面上，整体看上去十分杂乱。

猫粮等的宠物食物在阳光暴晒下容易变质，为了避免由收纳不当引起的宠物健康问题，我们在沙发旁设置了两个置物架，将人与猫的用品分开收纳。应避光保存的猫粮等宠物用品放在阳光照射不到的架子上，给人使用的生活物品则放在另一个架子上。

卫生间的问题更大一些。房东只在洗手盆旁边安装了一个很小的置物架，只够放一个人的生活用品，而房间是两个人居住，其中一人的东西就需要拿到客厅里放着，需要用的时候再去取，用完再送出去。无形中就增加了客户的行动路线长度。

我们把一个小型二层置物篮摆在洗手池旁边，这样一来，两个人的东西就都能放在卫生间里了，洗护用品等也按照功能做了分区。

定量的过程里，我们协助客户做了断舍离。由于他的物品都是堆叠在一起的，他自己也不太能确定自己都有什么、

有多少。直到这时，他才发现自己有许多款式、颜色、薄厚都差不多的衣服，当时是看着便宜才买的，但买回来以后，没穿几次就丢进了衣柜深处，没再穿过。而且还有些洗发水、洗衣液，也是搞活动的时候买的，放得太久，用的时候从来不看保质期，没注意到有很多已经过期了。所以，他不但没能像自己的初衷那样省下来钱，反倒造成了浪费。

为客户选取收纳工具时，我们也尽量选择了性价比更高的。这样，即便将来搬家时没办法带走，也不至于损失太多。最终，客户看着焕然一新的家，高兴得合不拢嘴。

可以看到，在这个出租屋改造的案例中，许多地方的改造都是按照客户的生活习惯特别定制的。这需要收纳师有随机应变和空间规划的能力。

在收纳完成之后的回访里，我们问客户，他的生活有没有什么具体的改变，有没有哪里使用起来不舒服或不顺手的，我们可以上门调整。客户在电话笑得很豪爽，他说自从收纳之后，住起来舒服多了，工作的心情也跟着变好了，日常也不会再因为房间太乱而感到心烦，需要开会的时候，坐在桌子上直接开摄像头就可以了，想要找什么东西也方便很多。

最重要的一个改变是，再看到哪里搞活动，他不会想都不想就下单了。毕竟扔出去的一箱生活用品和整理出来的七八件没怎么穿过也不打算再穿的衣服让他记忆犹新。这样一来，他反倒控制住自己的冲动消费，省下了很多为了省钱才花的钱。

可见，收纳也改变了客户的消费习惯，也算是对个人生活产生了很大的影响。客户也在这次服务中感受到了收纳的必要性。

小贴士

抽屉等收纳空间可以放一些小型的物品，如袜子、内衣裤、领带、腰带等。但如果全部堆在一起，会显得很杂乱，同时不利于寻找，不同类型的东西混在一起也不卫生。这时，可以准备分隔板。分隔板可以对空间进行分区，每一个小格子保留多大的位置可以由客户自己决定。

4 重整乾坤：囤积癖的大改造

这个案例属于很极端的情况了，客户有囤积物品的习惯，并且不愿意扔掉没用的东西。

从客户提供的室内环境照片上看，这位客户家里的柜子、箱子有很多了，但每一个都塞得满满的，一层一米多高的衣柜，客户只是采用折叠堆放的方式就能从底摞到顶。屋子里到处都堆满了东西，整理箱是见缝插针地放，箱子塞满了就放在箱子盖子上，盖子放不下了就放在箱子旁边，原本面积很大的房子硬生生被挤小了一圈，桌子、飘窗、床、沙发上同样放满了东西，供人坐卧的位置很少。

我为客户讲了断舍离的思维，希望她能舍弃那些没必要的东西。第一次提到这件事时，她一口回绝了，并说自己真的扔不了一点东西，家里已经有十年没有扔过垃圾以外的物

品。我说我可以帮助她做取舍。

虽说我已经做过心理准备，但到上门预采的时候，我还是被客户家里的情况吓了一跳。刚推开她家的大门，在玄关处就能看到堆积成山的杂物。她引着我们参观家里的每一个房间，一边走一边介绍家里的情况。

房子总面积一百四十平方米左右，三室两厅。客户的丈夫在外地工作，家中一共有三个孩子，老大和老二，一个读高中，一个读初中，现在都在学校住，只有周末才会回家住两天。老三是还在上幼儿园大班的女孩，所以，房子里平时就只有她和小女儿居住。

预采只需要大致确定客户物品的数量，并根据存量和空间规划出收纳的方案来，至于要确定每种物品究竟有多少，要等到收纳的时候把所有东西都搬到地方分区梳理才能确定。但现在还没到这一步呢，我们就已经发现客户有重复买东西的习惯，相同用处的东西这里放了一点，那里又放了一点，并且全都没有用过。

她看着我们拍照，看到这些东西，在一旁笑着说自己都忘了这里还有存货呢。每当这位客户需要使用什么物品时，虽然她知道家里以前买过，但是因为存放的物品实在太多了，她找不到，也懒得费力气、花时间去找。于是，她选择了最快速、花费时间精力最小的方式来解决问题——再买新的。

可是这样就形成了恶性循环。新买的东西用不完，只能随便找个空地方塞着，因为东西太多，下次还是找不到，找不到就又要买新的，用不完继续放起来……直到完全没有地方放了，她才决定找收纳师来解决问题。

这种已经超出正常囤货范围的习惯源自她的童年经历。她说，自己小时候家里的条件并不富裕，虽说家里只有她一个孩子，但日子还是过得紧巴巴的。她妈妈平时都在尽可能地节省，嘴上总说家里很穷，钱必须省着花。

因此，在日常生活里，她总是有一种匮乏感，就好像是在野外生存的动物，要为了漫长的寒冬囤够食物来活命。动物的寒冬是规律的，而她就好像生活在一个寒冬随时可能不打招呼就降临的世界里。所以她尽可能地囤积一切自己能用上的东西，以备不时之需。让她扔东西出去更是想都别想。

虽然她现在已经能靠自己赚钱了，但童年时期留下的习惯依旧保持着。也是因为有了足够的赚钱能力，囤积的习惯甚至比小时候更严重。

特殊时期，她亲眼看着许多用一点买一点的朋友陷入了没有物资的困境，而她攒起来的物品更是帮助自己度过了那段最难熬的时间，这让她对这种不良的生活方式的更加迷恋。

现在客户打算搬新家，需要再专门整理出一部分生活必需品打包带走。换了新房子也算是从零开始，她也希望能从此一改往日习惯，过上全新的生活。

对大部分人而言，断舍离不过是要检查家里有没有多余的或是过期的东西，但到了这位客户这里，就变成了十分重要的课题。

正式收纳那天，我带了十名收纳师过去。那是个工作日，客户刚刚送女儿去学校，就立刻赶回家，与我们一起讨论物品的去留。

收纳的第一步是清空和分类，对已有物品进行定量。寻常的定量只需要花费不到一个小时的时间，东西摆满客厅也就够用了，这一次却花费了几倍的时间，地面堆满物品，甚至没有下脚的空间。

我们把所有的衣服都拿了出来，由客户进行筛选。由于客户家里的孩子比较多，有很多已经穿不了的衣服，老大已经读高中了，可是家里连他上小学时的校服都还留着。按照旧衣服的品质，我们将它们分成几类，质量还不错的衣服可以送人或是捐赠，做二手闲置也不错，至于已经破了的衣服则直接丢掉。

类似的情况不一而足，厨房的橱柜里摆放着几层调料，我们看了一下保质期，其中一大半都已经过期了，必须丢掉的就装满了四个大箱子。客户看着它们说真是可惜，但即便将这些过期的东西留下，也不能继续食用。在我们反复劝说下，客户最终同意舍弃。

护肤品也是囤积货品中的一大类，它们散落在房间的各个角落，直到我们把这些全部搜集到一起摆在地上，客户才茫然地问：“我买过这么多东西吗？”全新未拆封就过期的有许多，拆封后只用过一点一直放到过期的更多。不算还能用的，单是过期的护肤品就快要装满三个容量六十六升的整理箱了。

最终，全屋收纳完毕，我们把要丢掉的物品都打包放在玄关处，剩下的物品中，全新的内衣装了两个收纳箱，全新的内裤装了一箱，全新的打底裤又装了三箱。

我们按照房间的功能分类，把每个类型的物品都收纳在相应的区域，并且根据客户现场提的要求，留出了部分要搬到新家去的物品。

这次收纳一共做了两天，第一天晚上，客户让妈妈帮忙把孩子接过去住了一晚。第二天我们收纳完毕准备验收时，正赶上她的妈妈送女儿回来。

门刚一拉开，客户的妈妈和女儿站在门口都是一愣。她们半关上房门，退出去看了下门牌号才又折返回来，笑着说：“我还以为我走错了呢。”

她们换好鞋子走进来，祖孙三代人一起完成最后的验收工作。

小女孩特别惊喜，她哒哒哒地跑进自己的房间，又跑去看看妈妈的房间，说："好像换了新家，房子都大了一圈！"

客户对这次收纳非常满意，她一个个打开柜门、箱子、抽屉，只是凭着生活经验，她都能够猜到里面装着的是什么东西，无形之中，我们好像形成了一种默契。送我们出门时，她也是笑呵呵的，说以后想要找什么东西都能找到，没准还能控制住自己过度消费的欲望。

收纳完成之后，我们又用了两天的时间，迅速整理出客户家中的物品地图来。还没等到回访，她就又发消息说过几天就入冬了，衣服都得换季，到时候还叫我们来整理。她报了个搬家的日期，问我们有没有空，干脆利落地付了下一次收纳的定金。

再一次见面时，客户还是买了新东西，但大多是因为真的有需要，由找不到东西引发的再次购买的情况明显减少了。那天我们在收纳，她在旁边看着我们整理，还是之前那副笑呵呵的模样，感叹道："也不知道我能忍住多久不继续囤货，反正一打开柜门就看到这么多东西，确实就不怎么想买了。"说完，又是一阵爽朗的笑声。

5 空间重生：老小区家庭收纳改造

老小区改造算是收纳中难度比较高的了。老小区一般空间不大，住户已经在这里生活了几十年，有几代人同住的情况，积攒下的物品较多，家具也大多是比较久远的设计，空间利用上并不合理。一系列成因最终导致了收纳空间严重不足、东西找不到这一后果。

这个案例中，找到我们收纳的正是老小区的住户。客户家中建筑面积在六十平方米左右，为两室一厅的结构，住了三代人，分别是女主人和男主人、女主人的父亲和还在上小学的女儿，另外，还有三只宠物蜥蜴。

我们询问了与房子相关的信息。这套房子建于 21 世纪之初，距今已有二十多年了，家具也是自搬进去时一直使用到现在的，这么多年来，从来没有更换过。早年间的家具已经不能满足于现在的需求，衣柜的格局不合理，需要重新拆装调整。所以，这次收纳的重点就是家具的重组，以及物品分区的调整。

由于空间有限，父母和孩子共同住在主卧，主卧的衣柜里放着三个人的衣服。书桌在主卧，平时妈妈在这里化妆，孩子也在这里也写作业。孩子的教材、玩具等只能放在姥爷住的次卧里。因此，常常出现孩子要拿什么书或是玩具，就只能跑到姥爷的房间里去拿，在主卧攒了一堆之后，再由妈妈整理放回次卧。

这样的安排违反了动线原则，为一家人的生活增加了许多负担，所以我们将分区做了调整。我们计划将孩子的大部分衣服都挪到了姥爷的房间，只保留最近要换洗的衣服放在主卧，而过去在姥爷房间里的教材和玩具则搬进主卧，便于日常使用。

具体收纳时出现了更严重的问题：衣柜年头太久，设计的层板过多，导致只能将衣服折叠起来塞进去，要想解决这个问题，只能拆了重建。

与此同时，老小区的面积小，人口多，实在无法满足各人的物品在各人的房间这一需求，我们就只能尽可能地将每人的应季、常用物品摆放在自己的房间里。

主卧一共有四个小型衣柜和一个小型储物柜，原本的衣柜被划分为九个部分，其中三个挂衣区，其余为堆叠区。挂衣区两短一长，客户以衣服款式的长短做划分，分别悬挂在三个格子当中，但因为空间有限，挂不进去的衣服只能叠起来塞进旁边的格子当中。前文已经讲过，衣服堆叠在一起放置有很多缺点，这里不再赘述。

为了解决这个问题，我们将原本的层板拆掉重装。衣柜从上至下分为三层，顶层最矮，用于放置整理好的过季服装和不常用的物品，中下两层全部改为挂衣区，悬挂应季衣物。这样一来，找起来很是方便，衣服上也减少了因堆叠而造成的折痕，省去了熨烫这一步骤。

客户有一个专门的窄衣柜用于收纳零散物品，这一分区更是杂乱无章，要用的时候根本找不到。我们根据内部物品的分类进行调整，将同类物品摆在相同一层，使用收纳袋或是收纳盒进行整理，并在收纳工具外面贴上便条，标记其中收纳的物品类别。

通过前面的同类收纳，我们空出了一个衣柜的空间。为了让空间能够被合理利用，我们将只有两层的柜子调整为四层，新增了三块隔板，用来放置从姥爷房间搬出来的书籍和玩具。

因此，过去堆满了东西的桌面上留出了足够的空间。孩子和家长都不用再像过去那样，在要用桌子时，把桌上的东西挪到床上，要睡觉时，再把床上的东西搬回桌子上了。

客厅当中，沙发及电视柜中都有抽屉，过去，客户只是把物品放进去，和厨房一样，我们只是按照物品分类重新做了调整。

厨房中收纳空间较多，客户将许多生活用品，如洗衣

液、洁厕灵等也收进了橱柜当中。我们将不属于厨房的东西挪了出去，并把剩余的物品按照分类调整分区，分出调料、粮食、宠物食品等区域。

厨房是收纳中的重点，也是很多人都感到头疼的问题。有些小户型房子留给厨房的只有一小块空间，为了做饭方便，炊具、厨具、调味料等都是尽可能放在近处。可厨房偏偏又是整个家庭中物品数量最多的地方之一，功能不同的锅碗、调料就有很多。

总结起来，厨房的收纳要遵循三大原则：

其一，便捷原则。收纳时，应根据我们的日常烹饪习惯，把常用的工具摆放在容易拿到的地方。例如调料、水壶、刀具、案板等，可以直接摆放在台面上。

其二，上轻下重，按照使用频率原则。我们可以见缝插针地添加置物架，如在柜台和冰箱之间，为了方便取用，可以选取带滑轮的款式。这时，按照使用频率和重量分类较为合适。较重的、不常用的放在最底层，较重且常用的放在中间，避免置物架上重下轻导致倾倒。同时，最常用的、较轻地放在最顶层，便于取用，不常用且较轻的略低一层。

其三，极致利用原则。前面提到过，在收纳过程中，纵向空间的利用尤为关键。厨房的墙壁、冰箱侧壁等空间都可以加装置物架，将空间利用起来。厨房上方的墙壁也可以添加置物架。总之，核心就是见缝插针地找空间。

锅具的收纳也是十分让人头疼的。不同的功能对应着不同的种类，相同的种类里还有不同的大小。如果家里的锅具不多，可以把它们直接摆放在灶具上，或者寻找空余的角落

进行收纳。

如果锅具较多，无法通过常规方式进行收纳，可以考虑加装置物架进行悬挂收纳。这样一来，在将空间利用到极致的同时，还能达到沥水、干燥的目的。

小贴士

零散物品是日常生活中很让人头疼的部分，因为体积小、数量多，即便专门为同样大小的物品设定分区，它们堆叠在一起，一个压着一个，也常常出现丢进去就找不到、拿不出来的情况。

所以，仅仅按照体积大小来进行简单的收纳完全不够，更重要的是充分利用物理上的空间，将物品进行分区处理。收纳盒、分隔板都适用于这种情况。

6 多代同堂：老人的理解与年轻人需求的平衡

收纳是近几年才在国内发展起来的，许多人对这一行并不了解，觉得花那么多钱请收纳师来家里没什么用，自己收拾收拾、叠一叠也是一样的。我们上门收纳时，就遇见过不少这样的情况。年轻人想要请我们来做整理，但是老人却觉得没必要花冤枉钱，当场发脾气、吵架的也不在少数。

在这个案例中，需要我们提供收纳服务的家庭家中一共四个人，分别是男女主人、女主人的妈妈和刚上小学的孩子。

联络我们的是女主人，她讲出自己的需求：因为家中空间有限，四个人各季节衣物都放在仅有的衣柜里，拿取很不方便，希望我们可以将衣服整理好；另外，家里的老人不太能接受收纳服务，希望我们上门时可以稳住老人的情绪。

客户只要求收纳衣橱，并不需要过多的时间。我们查看了三个卧室的情况，大致总结出了几个问题。

首先是收纳空间十分有限。房子是三室一厅的结构，只有主卧空间稍微大些，可以放下两个大衣柜；次卧空间较小，孩子的房间放下一张床、一张书桌以后，就只能塞下一个小型的衣柜了；老人的房间与儿童房大小相似，里面有两个小衣柜。

其次，因为收纳空间有限，人员较多，所以存在收纳混乱的问题。如被褥分冬季的和夏季的，我们去时是早秋，天还很暖和，全家的厚被子都收纳在老人的房间里，这就已经占用了许多空间。

孩子的衣服略多，因为儿童房里只有一个很小的衣柜，过季衣服只能放在老人的房间里，应季衣物才挂在孩子自己的衣柜中。孩子才刚上小学，个子不高，衣柜中的衣杆比孩子还要高出一个头，挂衣区上面那层更是需要踩着椅子才能够到。

妈妈给孩子收拾房间时，习惯把小东西或是衣服折叠好放在顶层，孩子找起来十分麻烦。据客户讲，有一次，孩子上学快迟到了，正好要到上面去拿东西，因为太着急，从椅子上下来的时候摔了一跤，直接把胳膊摔骨折了。

主卧的衣物收纳最为混乱。衣柜中有男女主人各季节的衣服，但并没有做出分区，而是全部挤在同一个空间里。有时候，大家的衣服放在一起洗，洗完一起晾、一起收，所以也常有收错衣服的情况。

客户虽然有利用纵向空间的意识，在柜子中放了几个整理箱收纳过季衣物，但整理箱放在长款衣服的挂衣区，这又导致了长款服装底部堆叠。换季时，客户不会统一调换衣服的区域，而是哪件不穿了就塞进箱子里，哪件要穿再从箱子里翻出来，时间久了，箱子里也是乱糟糟的，甚至隐隐有关不上柜门的趋势。

老人房间里的衣柜是最干净整洁的，但也是因为各类物品都有，拿取时会有些不方便。

和客户核对好情况之后，她又提出，希望我们能尽可能地利用家里已有的收纳工具，新添加的越少越好，要以最少的花费达到最好的效果。

总结起来，还是可以把问题归因于衣柜空间设置不合理，还有各房间物品规划不合理。

预采时，客户特意选取了老人不在家的时间。可到了真正上门收纳那天，就完全躲不开了。客户很不好意思地和我们强调，正式收纳时，一定要稳住老人的情绪。

率先整理的是主卧，也就是女主人和男主人的房间。我们清空了较高挂衣区底部的箱子，将大衣、连衣裙等衣物悬挂在这里，并按照衣服的大小做了分区分类。

对于孩子的房间，我们增加了可以活动的层板，专门按照孩子的身高做好了调整，方便小朋友拿取物品，至于最高处，则全部用来放置不常用的物品。

在把儿童常用物放在下部时，老人不高兴了，她说东西

放在地上，人来回经过，很容易落灰，而且她拿着不方便。

我们向她解释，收纳的最终目的是便于孩子的生活，让孩子有自我管理的意识和习惯，而不是为了方便大人长期照顾孩子。

最初，老人的抵触情绪很严重。她不愿意我们这些陌生人进入她的房间，更不希望我们碰她的东西。她觉得，收纳是一项很贵且没有必要的服务，完全没有必要把钱浪费在这件事上。客户开玩笑地说，这次收纳一口价，预付款已经给了，不做更亏，老人才终于退了一步。

在收纳时，我们也尽可能地为老人讲收纳带来的便利。比如，药品已经按照保质期和治疗疾病的种类排好了序，药盒上还贴了每日几次、每次几片的贴纸，字打得很大，眼花不戴眼镜也能看清，这样一来，老人再也不用花时间找药、看说明书了。

又比如，我们将老人常穿的衣服摆在了她最容易拿到的地方，属于她女儿和女婿的衣服也整理好放到衣柜深处，不会和她常穿的衣服混在一起。

最切实的改变是让老人看到了收纳的便利，也逐渐接受了我们的服务。

收纳快结束时，老人忽然说，原本自己住在这里，和女儿女婿共同生活，总是感觉就像个外人，自己的东西都是挤在一家人的东西之外，现在，她终于有了整齐的、属于自己的小空间，对家的归属感和安全感增强了很多。

7 空间和谐：多代同堂家庭的收纳变革案例

一代人有一代人的风格，这种风格大概率会成为时代中部分人的审美喜好，贯穿到日常生活当中。但即便是同时代的人，审美也会各有不同，当众多人生活在一起时，如何平衡几个人之间的关系，如何分配空间，就成了一个极大的问题。

这个案例中的客户就面临这样的困境。客户是三代同堂，年轻人和老人都有自己喜欢的风格和藏品。房子总面积一百五十平方米左右，在没有生孩子时，整个房子的风格虽说不算融洽，但至少每个人都有属于自己的空间，全家共享的书房更是所有人藏品的展示区。

但当孩子出生以后，原本用作展示和工作的书房改成了儿童房，老人和年轻人的生存空间都被缩小，起初，只能算是不和谐的审美小问题，到了这时，就成了个人独立空间被侵占的大问题，不得不解决。

上门预采时，我一直在心里感叹，这个家真是我见过的装修风格最跳脱的了。两位老人喜欢中式风格，他们居住的房间家具以木质为主。不仅如此，两位老人还喜欢收集些藏品，如茶壶、玉器、木雕、字画等，要不是看到屋子里有张床，我都要怀疑是不是进了哪家艺术类工作室了。

不只如此，老人还带我们参观了放进车库里吃灰的橱柜，上面摆放着他们一辈子收藏来的文玩，还有许多已经泛黄了的旧书。和我一起上门的有一位爱看书的小姑娘，从客户家出来以后，她告诉我，里面有很多书都是特别珍贵的版本，现在已经绝版了，就算有心人想收也很难收到了。

那些被他们珍视的东西就这样放在车库里，没有人观赏，只能是他们隔些日子就下来擦擦灰，借机欣赏一番。

老人对我们说，在有孩子之前，儿童房是用来放藏品的。为了给孩子腾地方，他们先是把橱柜搬到了客厅。孩子小时候还好，一切都很和谐，可是等孩子长大了一些，天性中的顽皮劲儿和探索欲让这些藏品遭了殃。短短几个月内，价值六位数的花瓶被摔碎了一个，朋友赠的字画被乱涂了一幅，两位老人迅速请来搬家团队，第二天就把东西全搬到楼下去了。这次找我们来做收纳，也是希望我们可以在客厅或是他们的卧室安排一个位置，把这个橱柜搬上去，重新做展示架用，但也要保证放在孩子碰不到的地方。

其实，把东西搬上去不难，避开孩子的互动区域也不难，难的是风格上的融合。

如果全家都是中式装修也就算了，偏偏两位年轻人又喜欢工业风，所以客厅和年轻人的主卧都是按照工业风来装修的。为了保持外观整体的简洁，很多可以用来收纳的区域都空着，没有得到充分利。把这样的一个柜子搬到楼上去，怎么看都觉得怪。

和我们沟通时，老人拄着餐桌站着，眼睛不停地环顾着整个家，她看起来很落寞，说："这明明是我家，但每次我一走出卧室门，站在客厅里，总是觉得这个地方很别扭，很陌生，即使已经住了很多年了。"

此时，在与老人的喜好完全不同装修风格的客厅里，正零零散散地放着两个孩子的玩具，墙壁及柜台上还放置着很欧式的摆件、挂画。两个年轻人工作繁忙，经常要出差，时间还挺长，即使回到家里，也是长期窝在办公区工作。最终，家里就那样空荡荡的，只有两个已经退休的老人带着孩子一起生活。

老人的诉求再鲜明不过了：他们想要拥有自己的空间——能够按照自己的心意装饰，展示多年来的收藏。同时，将客厅中孩子的玩具都整理到专属的儿童活动区中，避免让孩子

的空间侵占其他地方。如果条件允许的话，可以在客厅设置适合全家参与的活动装置，拉近家庭成员之间的关系。

两位老人人老心不老，早就设计好了几版图纸，上面画着他们的设想：展示橱搬到楼上，可以当作隔断；阳台旁摆小茶桌，可以一边晒太阳一边喝茶消遣；小孩子有专属的活动区域，就在客厅的一侧，能让他们在休闲的同时看着孩子；全家共用的活动区设置多功能家具，一家人都在时，可以聚在一起聊聊天、玩玩游戏。

这样一来，每个人都有了属于自己的独立空间，公用区域内也平等地安置了每个人的藏品。大家既能互相独立，又能合而为一。

我们从几版设计图中选择了一款作为底本，并在此基础上规划设计。除了满足老人提到的要求外，我们还为两个年轻人设置了专门的工作区，以保证他们在家中工作时的状态和效率。根据老人最初提到的，公共物品区有全家人囤积的物品，年轻人不常回家，两代人放置物品的习惯不同，常常因为找不到东西而吵架。为了避免这样的事情再发生，我们在客厅设置了分类明确的储物单元，并贴好标签，保证每个人都能快速地了解并确定物品的存放位置。

最终，我们在保证了整体风格的同时，也充分利用了可以使用的空间，做到了让两位老人满意。

这次收纳，我们用了两天的时间。两位老人的珍藏中有很多都是易碎品，为防止发生意外，搬动时我们都包了泡沫纸。即将收纳完成时，正值黄昏，阳台区域早就收拾好了，奶奶坐在藤椅上休息，她的身边就是刚刚从楼下搬上来的收藏，茶杯里的水还冒着热气。她就那样坐在暖黄色的日光中，藤椅轻轻晃着。

我们收纳完毕，喊两位老人过来验收，他们只是在别的区域大致转了一圈，就重新回到自己的藏品架子前，两个人都带着慈祥的神色，眯着眼睛看。也许是年龄大了的人都爱唠叨，他们站在那儿对我说："这样才好，个人有个人的地儿，没事的时候，大家都有自己的消遣。这才是家呀。"

8 从心开始：整理收纳助力失恋青年重拾生活

有一次，我们到某个城市做收纳的宣传沙龙。收纳是上午做的，刚结束，就有一名年轻男子找到我们，特别着急地说希望我们下午能去他家做一次收纳。我想，怎么这么着急，还没等问，他就立刻谈起了自己的诉求。他最近和女朋友断崖式分手，想要找人帮忙把家里和前女友相关的东西全部丢掉。客户现在因为失恋导致情绪低落，没有精力做一次全屋式的打扫，也不想再看见那些东西，所以就找到了我们。

这样的要求我也是第一次见，但即便我想当天下午就完成，收纳还要有设计方案、准备工具的时间，不可能直接带着团队过去。和客户进行简单的沟通之后，我们决定下午去他家里预采，在第二天中午前做出方案，并且准备好工具，下午再上门收纳。

客户同意了这样的方案，随即发了照片过来，我们也赶紧收拾东西上门预采。

客户住在一个六十平方米的单身公寓里，整体结构是一室一厅一厨一卫。这是他和前女友合租的，两个人住在一起，生活用品早就是你中有我，我中有你，不分彼此了。

房子本就是两个人共同居住的环境，现在少了一个人，很多空间就这样空置下来。而原本由两人共同置办的小家具、互相赠送的礼物，到现在却成了客户一看到就觉得无比碍眼的东西。

预采时，我们看着房间里一个靠窗处空落落的墙角，总觉得这里十分不自然。这里也许本该有什么东西，但是被搬走了，而现在我们要做的，就是将空出来的空间换上另一种物品填满。这样做，一是能掩盖掉另一个人生活的痕迹，二是能让空间整体看上去更协调，三是可以为客户增加新的物品转移注意力，使他寻找新的心灵慰藉。

经过一番沟通后，客户说自己爱看书，也爱做饭，于是，我们决定新增一个阅读角，重新设计厨房的空间。

原本，客户和前女友都是不常做饭的，日常以点外卖和出去吃为主，厨房虽有厨具，但都只是装装样子而已，使用频率不高。因此，厨房的动线存在一些问题。人做饭的顺序是洗、切、备菜、下锅，而客户的厨房空间并不大，整个厨房唯一的插孔离水池较近。从水池开始的顺序为：水池、锅、切菜板。为了适应做饭的流程，我们调整了锅与备菜区的位置，新增设了插排。

客厅里那个空荡荡的角落被设计成了阅读区，客户的动作很快。我们计划下午上门收纳，他在上午就已经去家居店订购好了沙发与书架，甚至还到书店买了几本书回来，装好就能摆上。

我们尽可能地将阅读角设计得温馨一些。如灯光调整为暖光，物品采用暖色调，添置小型地毯、盆栽，增加空间的氛围感等。

这一次的收纳过程并不复杂，断舍离的理念贯彻始终，识别、确认前女友留下来的物品是整个收纳流程中的重中之重，而那些被筛选出来的物品也根据其背后的价值和意义来确定是捐赠、丢弃，还是封存。

相较于其他的收纳订单，这个案例是物品与精神关联最为紧密的。实用功能退居其次，物品承载的意义占了首要位置。因此，每选择处理掉一件物品，也是选择了与过去的某个部分做出割舍和断绝。整个收纳服务结束，也象征着客户与过去彻底了断。

在收纳之初，客户看着摆在地上的物品，总是会思考良久，甚至在封存和丢弃之间摇摆不定。可随着整理出来的物品，特别是与前女友相关的物品越来越多，他渐渐开始主动将某些东西放进准备丢弃的区域里，拿起又放下的动作也愈发流畅。到最后，他看起来也轻松了很多，完全不像一天前刚见面时那般苦大仇深。

我们对收纳师有这样的规定：只可以帮助客户筛选物品，至于最后选出的不要的东西，也只能由客户自己完成丢弃的步骤。寻常的客户都会选择有空的时间将断舍离出来的物品丢掉，而这一次，客户直接跟着我们下楼，搬着一箱子东西走到小区里，把该捐赠的东西放进公益捐赠箱，该扔掉的东西放进垃圾桶。

在本案例中，收纳成了客户情感恢复和心理重建的重要工具。清理的不仅仅是物理上的空间，更是心灵上的空间，新添置的两个用于转移注意力的角落也不是简单的爱好，而是和全新生活链接的纽带。

9 爱巢启航：新婚夫妇的家居收纳规划

我们常常能遇到客户搬新家，直接找我们做入户打包的情况。这个案例中，找到我们的是一对准备结婚的情侣，他们在前一年买好房，最近才结束装修，又等了几个月后，终于准备搬进去了。新房对他们而言，是全新的开始，也是从情侣关系转变为夫妻关系的重要载体。

从买房到装修，又从装修完毕等待散甲醛到今日，他们终于准备完毕，浩浩荡荡地拉着一车东西从出租屋来到这个真正属于他们两个人的房子当中。

面对等待了很久的新房，他们一时间反倒不知道该怎么入手了。从旧房子搬来的东西太多，想要换个空间，把全部的旧物在陌生的地方找个新的位置安置好，怎么也算不上是件容易的事，因此，他们找了我们来帮忙。

与过去只是负责全屋收纳不同，这次我们也参与到了搬家的过程中。旧居里的全部物品由我们打包，搬到新家后，再由我们将所有物品安置好。

新家入住直接找收纳师，最大的优点就是可以完全按照客户的需求进行设计，没有什么已有的问题需要调整的，只有对未来生活的设想。接这样的单子也让我们觉得很愉快，客户那种满怀着希望和憧憬的情绪很容易感染我们。

女主人很喜欢烹饪，家中各类食材、器具一应俱全。为了满足女主人烹饪的需求，我们在厨房设置了专门的收纳区，将厨具和食材都分类整理。为了让男女主人能直观明了地看到收纳盒里装了什么，所有瓶瓶罐罐我们都选用了透明款，同时在一眼就能看到的位置贴好标签，确保每件物品都能做到好认、好拿。

对于锅铲、勺子等厨具，我们采用了吊挂式收纳系统，这样既利用了纵向的空间，又能保证在需要使用时，一抬手就能拿到所需的物品。

女主人有收集饰品的爱好，饰品可以用于展示。我们在安置饰品的展示盒中增设了柔光灯照明，为其增添了一份浪漫的气息。

客厅是收纳的重点。作为全家人共用的活动区，以及从玄关到卧室的缓冲带，客厅承载着社交、休闲、杂物收纳的功能。如果是单纯地添设储物柜，则破坏了原本装修时的设计，整体看上去显得杂乱、不够美观。但如果什么收纳柜都不添加，则平白浪费了很大的空间。

墙面是客厅收纳和装饰的重点。可以在墙面上设置浮动架子或墙面展示架，摆放少许装饰物，这样在保证收纳功能的同时也更美观。

多功能家具也是很好的选择，如带有储物功能的咖啡桌、茶几、电视柜等。

我们准备了一些与室内风格相协调的收纳盒放在茶几上，它们可以用来存放遥控器、纸巾、证件等散碎物品。

整洁的家居环境让日常生活更加便捷，提升了生活质量；有序的空间布局让客户感到放松和安心，提高了对未来共同生活的期待；专业收纳为他们的幸福生活提供了保障，为他们的新生活开启了美好的篇章，成为他们美好回忆的一部分。

几天后，我们看到了他们在朋友圈发的消息，他们邀请朋友来家里举办了一次乔迁宴。九张照片里，三张是他们俩人的合照，三张是朋友们的合照，还有三张是我们刚刚完成收纳工作时拍下的展示照片。看到客户带着喜悦和对未来的希望正式入住新居，作为收纳师的我感受到了工作的价值。

小贴士

物品中的收纳分为展示性收纳和隐藏性收纳。如本篇中提到的女主人的饰品，就是很典型的展示性收纳的案例。饰品具有美观性，同时更是使用者品味、身份、经济实力的象征，与之相似的还有，包、酒、茶、玩具等，都可以做展示性收纳。

附录

附　录

实用的
叠衣服方法

短袖的叠法

①
按折线左右对折

②
按折线向上对折

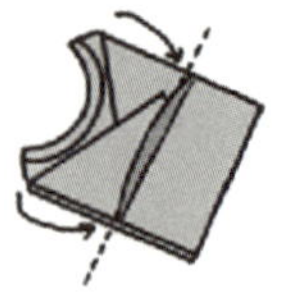

③
按折线将衣领部分装进“口袋”
（衣服在第二步折上后会形成一个包口）

④
折叠完毕

立面

正面

斜面

长袖的叠法

①
按虚线折叠

②
将袖子向下折叠

③
同理，折右边

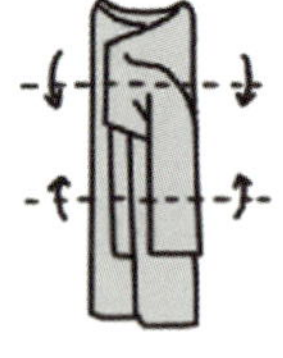

④
成长方条后，分别沿虚线折叠

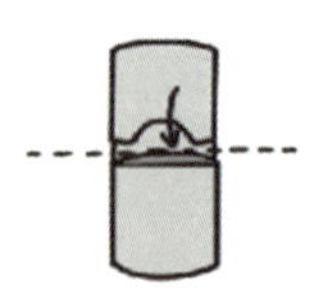

⑤
将衣领处塞进衣尾折叠“口袋”处

⑥
完成

背心的叠法

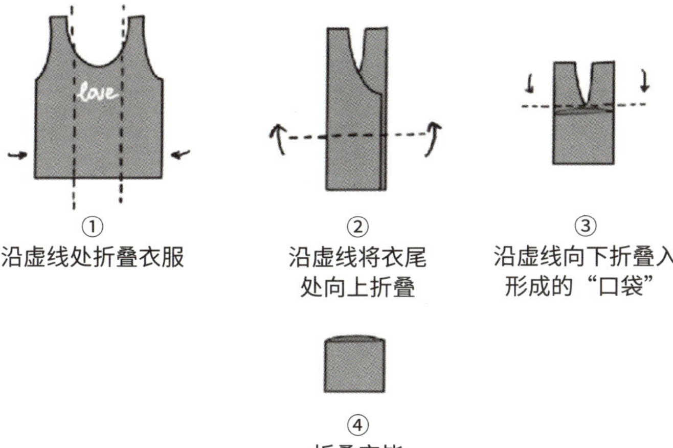

带帽卫衣的叠法

内裤的叠法

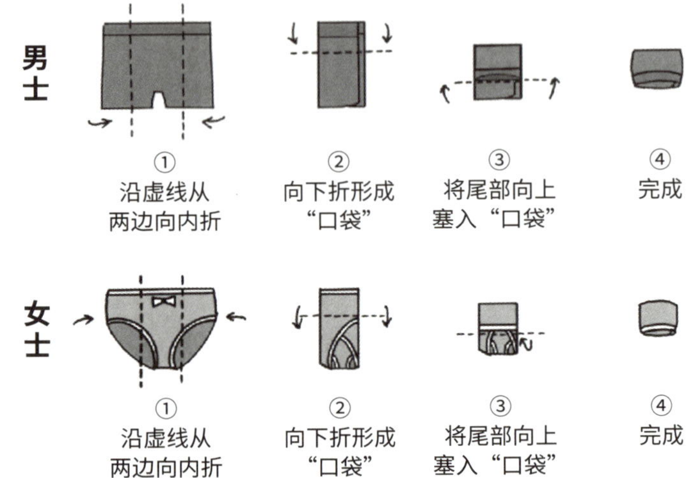

男士
①
沿虚线从
两边向内折
②
向下折形成
“口袋”
③
将尾部向上
塞入“口袋”
④
完成
女士
①
沿虚线从
两边向内折
②
向下折形成
“口袋”
③
将尾部向上
塞入“口袋”
④
完成

袜子的叠法

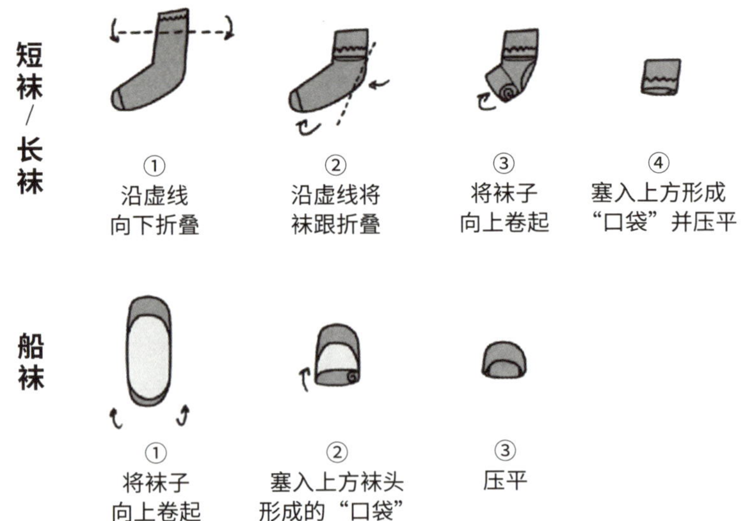

短袜/长袜
①
沿虚线
向下折叠
②
沿虚线将
袜跟折叠
③
将袜子
向上卷起
④
塞入上方形成
“口袋”并压平
船袜
①
将袜子
向上卷起
②
塞入上方袜头
形成的“口袋”
③
压平

牛仔裤的叠法

适用于各类不易起褶裤子

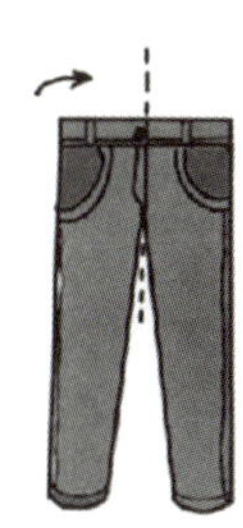

①
沿虚线处
对折牛仔裤

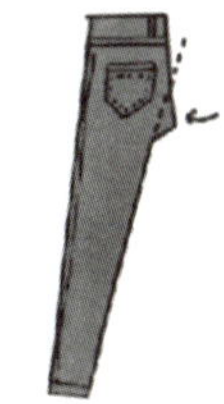

②
沿虚线将裤子
裆部箱内折

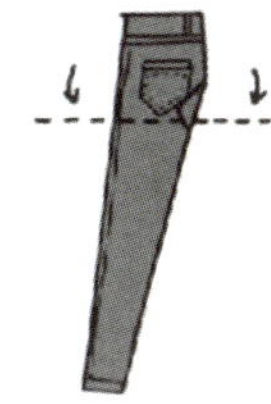

③
沿虚线将
裤腰处向下折

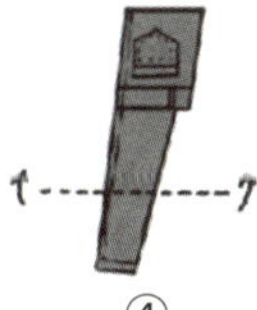

④
将裤脚向上折

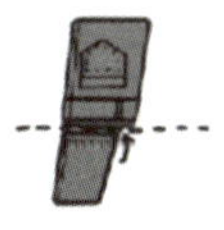

⑤
向上对折后塞入
上方形成的“口袋”

⑥
折叠完成

裙子的叠法

长袖/无袖/半身裙均适用

①
沿虚线处
折叠衣服

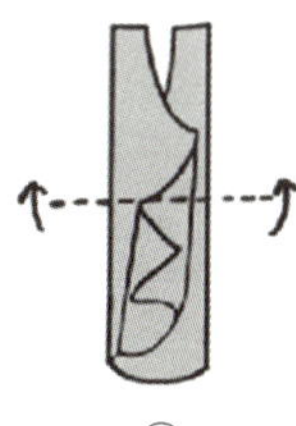

②
沿虚线将衣尾
处向上折叠

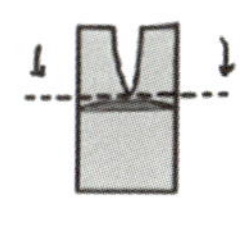

③
沿虚线向下折
塞入形成的“口袋”

④
折叠完成